Histoires pour adultes et Poèmes coquins

Cette femme de 45ans, aimant manier les mots, rêvait de partager ses écrits avec vous.

Ce ne sont en aucun cas des fantasmes mais simplement des histoires érotiques, venues tout droit de son imagination, en essayant de n'être jamais vulgaire.

En couple, son compagnon la soutient dans son écriture et la motive à éditer son premier livre.

© 2018, Senga
Edition : Books on Demand,
12/14 rond-Point des Champs-Elysées, 75008 Paris
Impression : BoD - Books on Demand, Norderstedt, Allemagne
ISBN : 9782322101856
Dépôt légal : janvier 2018

Senga

Histoires pour adultes

Et

Poèmes coquins

1 - L'amour à l'italienne

Il est 8h30, je pars dans 5 minutes, je prends le métro. Ça va être encore la galère avec les heures de pointe. Pas grave, j'en ai pour 25 minutes. Je sors et je vais prendre mon petit déjeuner au bistrot du coin, à quelques mètres de mon travail. Je prends mon café et un petit croissant, je me fais plaisir on n'a qu'une vie. 10 minutes après j'arrive sur mon lieu de travail, la Banque de mon oncle. Ça aide j'avoue. Je passe la matinée dans mon bureau.

A midi je descends déjeuner toujours au petit bistrot du coin. La bouffe y est bonne, la patronne sympathique et ce n'est pas trop cher, donc j'en profite. Après mon petit café, offert par le patron aussi gentil que sa femme, je remonte dans mon bureau vers 14h et je me replonge dans mes dossiers jusqu'à 15h. Là je fais ma pause-café, ça fera le troisième et le dernier de la journée car je serais trop énervé après. Je retrouve quelques collègues au distributeur, on discute et on rit quelques minutes. Je retourne dans mon bureau, je regarde ma pendule tous les quarts d'heure, le temps ne passe pas, c'est long.

17h enfin, je range mon bureau, je passe devant le bureau de mon oncle que je salue en lui souhaitant un bon weekend, car oui on est bel et bien vendredi. Youpi le weekend enfin et je sors de la banque en desserrant ma cravate et en respirant un grand coup l'air pollué de Paris.

Pas mal mon emploi du temps de la journée, il ne me reste plus qu'à y aller pour ne pas rater mon métro se dit-il. En descendant l'escalier, Quentin croise Madame Martinez la concierge qui le salue comme chaque jour. Il lui répond par un sourire car il tient ses clés dans sa bouche le temps de faire sa cravate.

Il jette machinalement un coup d'œil à la boite aux lettres et stoppe sa course tout net. Il avait pourtant ramassé son courrier hier. Il ouvre sa boite et y trouve une lettre sans timbre. Une lettre anonyme ? de la pub ? il regarde sa montre et se dit qu'il n'avait pas le temps d'être curieux. Il l'ouvrira au bar tout à l'heure.

Bon comme prévu le métro est blindé mais il arrive à se glisser entre les portes en poussant des coudes. 25 minutes plus tard il sort de la bouche du métro et comme il fait bon en ce mois de février, il a envie de boire son café sur la terrasse couverte de son bistrot préféré. La patronne lui fait un petit signe de la main pour le saluer, ce qu'il fait également et le patron lui apporte son breuvage quotidien avec son croissant du vendredi. Il cherche la monnaie dans sa poche pour payer et tombe sur la lettre qu'il avait oubliée durant le trajet.

« Allez courage, qu'est-ce que va m'annoncer cette étrange lettre. Ma petite amie me trompe-t-elle ? ou alors ce sont des photos de ma mère en maillot de bain sur les plages de Bretagne et les autochtones me demandent une rançon pour qu'elle se rhabille. » se dit-il en éclatant de rire.

Il prend son courage à deux mains et ouvre la lettre. Ça ne ressemble pas à une lettre de menaces, ni de rançon et il n'y a aucune photo. Alors il regarde en bas de la page pour voir la signature.

Oh ben ça alors, elle a été écrite par Gaëlle, sa petite amie. Il l'a rencontré il y a 7 mois exactement là où il se trouve à ce moment précis. Elle était assise à la terrasse, seule, une belle petite brune, d'une trentaine d'année, le regard noir dans le vide.

Il s'est approché d'elle, lui a souri, lui a demandé s'il pouvait s'assoir et ont discuté pendant 4 heures sans se rendre compte du temps qui passait. Parfois sérieux, parfois riant aux éclats, ils comblaient leur solitude réciproque.

Pourquoi cette lettre ? elle voulait rompre mais n'osait pas le lui dire ? elle a des soucis et n'a pas voulu lui faire peur ? au lieu de se poser des milliers de questions, il reprit la lettre et commença sa lecture.

« Mon cœur (ouf un petit mot doux elle ne voulait peut-être pas forcément le quitter),

Cela fait déjà 7 mois que nous sommes ensemble, que tu me combles de bonheur lorsqu'on se voit et ce weekend j'ai envie, à mon tour, de te combler de bonheur.

Nous sommes vendredi (elle était donc venue la déposer ce matin, mais pourquoi n'est-elle pas montée le voir ?) et je sais que tu finis à 17h. Il y aura à ta sortie une voiture qui t'attendra avec un chauffeur pour t'emmener chez toi prendre une petite valise pour 2 jours puis te déposera à l'aéroport.

Là tu iras au comptoir d'enregistrement où une hôtesse te délivrera ton billet. Ne t'inquiète pas tout est prévu il suffira juste que tu lui présentes ta pièce d'identité. Une autre hôtesse viendra vers toi, te feras mettre un bandeau sur tes yeux et te guidera jusqu'à bord de ton avion.

Tu ne sauras qu'une fois que l'avion aura décollé ta destination. J'espère que tu n'as pas peur de l'eau (lui, peur de l'eau, il nage comme un dauphin...champion de France junior de natation comment pourrait-il avoir peur de l'eau se dit-il en souriant).

A ton arrivée, à nouveau un chauffeur te prendra en charge et te mènera à destination.

Une dernière chose mon chéri, je te demande expressément de te laisser faire et de ne pas avoir peur de ce qui va se passer. Fais-moi juste confiance.

Bon voyage, Mon amour (ce n'est vraiment pas une lettre de rupture il était trop content).

Je t'aime

Gaëlle »

Elle est adorable, comme à chaque fois qu'ils se voyaient elle prépare toujours une surprise. Le weekend dernier elle avait prévu une balade en bateau-mouche avec un diner romantique. La fois d'avant elle avait prévu une soirée à la façon du film « 9 semaines et demie » avec le store et tout. Il était fou d'elle.

Mais cette fois-ci elle a fait encore plus fort. Un chauffeur, l'avion, mais où allait-il se retrouver ? Enfin là il allait être en retard s'il continuait de rêver.

Il se dit que la journée allait être longue, il est très impatient d'être à 17h, non d'être à l'aéroport, en fait non, d'être directement dans l'avion pour savoir où il allait. Heureusement il avait 4 rendez-vous importants ce matin et le temps passerait vite.

Il ne s'était pas trompé l'heure du déjeuner arriva très rapidement, il n'avait pas vu le temps passer. Il déjeune avec 2 de ses collègues et retourne dans son bureau et là le calvaire commence…toutes les 5 minutes il regarde la pendule en face de lui, juste au-dessus de la porte. Toutes les 5 minutes et il se dit que le temps ne passe pas, que c'est une attente abominable, presque sadique.

17h…enfin il prend sa sacoche, passe devant le bureau de son oncle qui surprit de ne pas le voir ouvrir la porte pour le saluer, sort de son bureau et lui lance un « bon week-end Quentin. » auquel Quentin répond sans se retourner par un signe de la main. Il est très étonné par ce geste mais se dit qu'il doit vraiment être très pressé pour ne pas lui accorder un petit moment pour parler de ce qu'ils allaient faire ce week-end. Il verrait ça avec lui lundi, ça n'allait pas lui gâcher sa partie de pêche au lac où ils allaient avec Quentin et son père quand il était petit, une journée entre hommes comme ils s'amusaient à dire.

Pendant ce temps-là, Quentin compte les étages qu'il descend avec l'ascenseur. Il trépigne d'impatience, comme un gamin qui attend que le père noël passe pour ouvrir ses cadeaux. S'il pouvait faire descendre l'ascenseur plus vite il le ferait. Devant la porte vitrée de la banque, il voit la voiture avec chauffeur comme le lui avait mentionné Gaëlle. Ça va, ça commence bien ça n'était pas une mauvaise blague.

Il le conduit chez lui pour y faire sa valise. Mais quoi prendre, des pulls s'il fait très froid ? Un maillot de bain s'il fait très chaud ? Non Gaëlle n'était pas très riche, donc un petit voyage en amoureux en Europe serait dans ses moyens. Pas de maillot de bain mais malgré tout un tee-shirt, un pull au cas où, une chemise pour une soirée habillée, un jean de rechange et surtout des sous-vêtements. Il n'oublie pas de prendre son rasoir car sa barbe pousse vite et est très dure (petit-fils d'un pur italien, sa barbe est un digne héritage de celui-ci, mais quelle corvée tous les jours !) et le parfum que sa chérie aime par-dessus tout. Voilà valise prête, direction l'aéroport.

A l'arrivée, le chauffeur lui ouvre la portière, lui tend sa valise et lui souhaite un bon voyage. Il s'approche du guichet de l'accueil et présente sa carte d'identité à l'hôtesse. Elle la regarde, lui sourit et lui tend son billet pendant qu'une de ses collègues arrive et lui tend un bandeau pour les yeux. Il le met et se laisse guider par l'hôtesse jusqu'à son siège dans l'avion.

Une fois assis elle lui reprend le bandeau, il est impatient de savoir sa destination mais elle ne lui dit rien (il ne pense même pas à regarder son billet tellement il est excité). Elle lui souhaite elle aussi un bon voyage et un bon week-end et disparait de sa vue. Quentin regarde tout autour de lui mais il ne voit aucun indice pouvant le laisser deviner. Il entend les moteurs vrombir, l'hôtesse de bord lui demande de boucler sa ceinture pour le décollage. Il est assis près du hublot et à sa droite une gentille dame âgée lui sourit.

Enfin l'avion décolle et au bout de quelques minutes il entend ses mots : « Mesdames et Messieurs les passagers…bonjour, je suis le commandant Bartolo (tient un nom à consonance italienne, serait-ce un indice ? …) Notre voyage va durer environ 1h40 (ça ne doit pas être loin vu qu'il est déjà 18h50), la température extérieure est de 12° (ouf heureusement que j'ai pris un pull). Avec ses 3 indices déjà il se dit que tout mène à l'Italie.

Le commandant continue son speech et fini par ses mots : « Nous atterrirons à Venise vers 20h30. La compagnie vous souhaite un agréable voyage »

VENISE…waouh quelle surprise, je ne m'attendais pas à cela. J'adore, en plus c'est le carnaval en ce moment, roooh le kiffe, j'adore.

Maintenant soulagé et détendu, Quentin se laisse aller dans son siège et s'engage alors une grande conversation avec la dame âgée, sa voisine.

- Vous voyagez seul jeune homme ?

- Oui je vais rejoindre ma petite amie, elle a organisé notre week-end, c'est une énorme surprise pour moi.

- Vous avez de la chance, elle doit beaucoup vous aimer. Cela fait longtemps que vous êtes ensemble ?

- 7 mois jours pour jours.

- Oh, un tout jeune couple alors. Et vous vous l'aimez ? Pardonnez la vieille femme curieuse que je suis, ça me rappelle ma jeunesse tout ça, avec mon Edouard, le pauvre est décédé il y a 4 ans et il me manque terriblement.

- Je suis désolé madame. Oui je l'aime, je ne lui ai pas encore dit mais je sais qu'au fond de moi c'est ce que je ressens.

- Il serait peut-être temps de lui dire vous ne croyez pas ?! On ne dit jamais assez à nos proches qu'on les aime et quand ils ne sont plus là on le regrette.

- C'est vrai et dès que je la verrais, je le lui dirais. J'avais peur de souffrir encore une fois en allant trop vite mais je pense qu'elle pourrait bien devenir un jour ma femme. Je l'espère au fond de mon cœur.

- Si vous en êtes sur, si vous êtes sûr de lui être fidèle toute votre vie, alors n'hésitez plus. Vous lui êtes fidèle au moins ?

- Oh oui, il n'y a pas plus fidèle que moi. Mon ex-copine m'a trompé, j'en ai énormément souffert et je ne ferais pas ce que je n'ai pas aimé qu'on me fasse.

-Très belle façon de voir les choses. Mais on ne dit jamais fontaine je ne boirais pas de ton eau. Méfiez-vous des tentations jeune homme.

- Je m'appelle Quentin madame

- Et moi Marguerite, et comme la fleur je commence à me faner vu que je ne suis plus arrosée (elle se met à rire et Quentin met un petit moment à comprendre, mais il se rappela qu'elle lui avait parlé d'Edouard et il se mit à rire aussi de l'allusion)

- Je suis ravi de vous connaitre Marguerite, et j'imagine que votre Edouard devait prendre un malin plaisir à vous effeuiller (il sourit et elle lui fit un clin d'œil de complicité, elle avait compris qu'ils étaient sur la même longueur d'onde).

- Je vous souhaite d'être aussi heureux avec votre future femme, autant que je l'ai été pendant 60 ans avec mon mari.

- 60 ans !!! Malheureusement pour moi je n'arriverais pas au 60 ans même si je le voulais. J'ai déjà 38 ans et sauf si je deviens centenaire et ça j'en doute (il éclate de rire) j'aurais 98 ans, je serais sans doute un vieillard sénile qui ne pourra plus arroser la belle fleur que sera encore ma femme.

- C'est vrai que maintenant très peu de personne peuvent souhaiter les noces de diamants, en même temps ça coute moins cher.

Elle regarde le solitaire qu'elle porte à son annulaire droit, c'était le dernier cadeau de son Edouard. Une larme ruissèle sur sa joue. Quentin passe le revers de sa main pour l'essuyer. Elle le remercie par un sourire et ils poursuivent leur conversation. Leur dialogue se poursuit ainsi durant tout le voyage.

A l'arrivée Marguerite tient le bras de Quentin jusque dans le hall. Là, un bel et grand homme s'approche d'eux et leur sourit. C'est le fils ainé de Marguerite. Elle fait les présentations, ils se saluent et Quentin les abandonne à leurs accolades familiales, non sans avoir laissé un doux baiser sur la joue de la vieille dame qui lui avait fait passer le temps du voyage.

Elle le regarde partir et juste avant qu'il ne quitte l'aéroport, l'appelle et lui dit « n'oubliez pas Quentin, les bases d'un couple sont l'honnêteté, la confiance et la fidélité ». Il lui sourit et lui fait un signe de la main avant de sortir. Il cherche du regard la personne qui est censé l'attendre. Un homme, gringalet d'apparence, l'accoste en parlant français avec un accent italien. Il se présente comme son chauffeur et lui annonce qu'il est prêt à l'emmener où la Signora lui avait demandé de le faire.

Quentin monte dans le bateau que l'homme lui indique, le chauffeur lui tend sa valise et démarre. Les voilà partis sans savoir la destination encore mais plus il navigue et plus il voit le centre-ville s'approcher. Le chauffeur arrête son bateau près de la place Saint-Marc et dit à Quentin de patienter là, une personne va venir le chercher.

Il s'assoit sur un poteau sur le quai où il vient d'accoster et attend. Plus d'un quart d'heure vient de passer lorsqu'un groupe masqué, avec de magnifiques habits de carnaval passe près de lui. Une femme s'arrête, lui attrape la main et l'entraine avec elle. Ils passent dans plusieurs ruelles, en courant au milieu de la foule, du bruit, de la musique et Quentin en a la tête qui tourne. Il force la jeune femme à s'arrêter en stoppant sa course pour reprendre sa respiration et ses esprits.

Lorsqu'il se sent mieux, ils reprennent leur course folle jusqu'à une étroite ruelle. La jeune femme le lâche, ouvre la porte d'un vieil immeuble et lui fait signe de la suivre à l'intérieur. Ils montent au dernier étage, sous les toits et chaque marche grince. Elle ouvre une porte, grinçante aussi et entre dans la pièce. Quentin par politesse attend sur le seuil que la femme masquée l'invite à rentrer. Elle pointe son index vers lui et le replie pour l'inviter à la rejoindre.

Dans la pièce il n'y avait presque rien. Une vieille table vermoulue, un coin cuisine avec un petit évier et un robinet rouillé. Une chaise dans un coin et au fond un lit, à baldaquin, magnifique, avec des tentures d'un vert émeraude, attachées sur les 4 montants du lit. La jeune femme qui portait une jolie cape bleue sur une robe couleur or avec des dentelles, une robe comme en portaient les princesses au temps des rois, retire sa capuche pour laisser apparaitre une longue chevelure brune tressée qui se termine sur son épaule. Elle ne retire pas son masque mais fait signe à Quentin de la rejoindre près du lit.

Elle le pousse violemment sur le lit, lui attrape le poignet gauche et l'attache à la menotte qui pend de la tête de lit et que Quentin n'avait pas vu. Elle fait pareil avec l'autre main pendant que Quentin se remet de ses émotions, il ne s'attendait pas à ça du tout mais ne s'est pas débattu tant il est encore surpris.

Il veut parler mais elle lui met rapidement la main sur sa bouche et de son autre main, porte son index sur ses lèvres pour lui faire signe de se taire. Il essaye de voir qui est cette femme, mais elle ne laisse rien apparaitre, aucuns signes distinctifs. Elle porte un large masque noir et or avec une voilette qui lui cache le visage, sa robe malgré son décolleté ne laisse distinguer aucuns grains de beauté qui aurait pu lui faire reconnaitre la personne, ses mains portent des gants dorés.

Quentin commence à se sentir mal. Des perles de sueur ruissellent sur son front et il se demande ce qu'il fait là. Pourquoi cette femme complètement étrangère à sa vie l'avait emmené ici ? Où est Gaëlle ? Il lui pose la question mais elle lui fait à nouveau le signe de se taire. Elle lui montre un morceau de papier, qu'il lit sur lequel est écrit :

« N'oublie pas mon cœur que je t'ai demandé de me faire confiance et de te laisser faire.

Je t'aime.

A très vite.

Gaëlle »

Elle connait donc ma petite-amie, mais qui est-elle et que veut-elle ? Pourquoi m'a-t-elle attaché au lit avec ses menottes qui me gênent qui plus est ? Pourquoi Gaëlle n'est pas là ? Ca commence à me stresser, se dit Quentin en fixant la jeune femme.

Quentin sort de ses pensées lorsque l'inconnue ayant remonté sa robe se met à califourchon sur lui. Il sursaute et la regarde ébahi. Elle est assise sur lui et comme il cherche à bouger ses jambes pour la faire descendre, elle le bloque en calant ses pieds de chaque côté de ses genoux en les rapprochant le plus possible.

Elle se penche vers lui, approche son visage du sien, et il sent son souffle qui le fait frémir. Il essaye de chasser de ses pensées ce à quoi il pense. Il aime Gaëlle, il le sait, il ne lui a pas encore dit mais il le sait au fond de lui et ne veut pas de cette femme. Mais alors pourquoi ce trouble qui l'envahit quand elle pose ses lèvres sur son cou, sur sa joue, sur ses lèvres ? Oh non il ne faut pas, ne pas craquer, ne pas succomber. Mais la douceur de ses lèvres, l'odeur de son parfum l'enivre et il se laisse aller à ce baiser. Après tout un baiser ce n'est rien, il n'est ni marié ni fiancé encore et il entrouvre les lèvres pour aller chercher la langue de cette femme qu'il ne connait pas. Et puis Gaëlle lui a demandé de se laisser faire, c'est ce qu'il fait...

Elle lâche sa bouche pour déboutonner la chemise de Quentin, bouton après bouton et glisse une de ses mains gantées à l'intérieur, elle lui caresse le torse du bout des doigts et le tissu satiné commence à faire de l'effet à Quentin. Il fait tout pour ne pas avoir d'érection, il pense à autre chose mais lorsqu'elle stoppe sa descente au niveau de sa ceinture, il s'entend soupirer et revient à la réalité. Elle défait se ceinture et déboutonne le bouton de son pantalon, ouvre la fermeture éclair et passe sa main entre le jean et le boxer du jeune homme, qui sent gonfler son entrejambe quand la main de l'inconnue lui frôle le sexe.

Elle ressort sa main pour la rentrer à nouveau mais cette fois dans son boxer et là il sent le désir monter en lui, il essaye pourtant à nouveau de la faire basculer mais elle resserre aussitôt ses pieds contre ses jambes. Il est piégé, les mains attachées, les jambes bloquées il pense encore une fois à

Gaëlle mais la jeune femme lui fait tellement d'effets qu'il voit le visage de sa bien-aimée s'estomper au fur et à mesure qu'elle passe sa main sur son sexe tendu. Elle en profite pour le sortir du caleçon, il dépasse et passe son pouce au bout, tourne autour avec son doigt. Elle sent le ventre de Quentin se contracter, et soulever son membre en érection.

Il se sent mal au fond de lui, il ne veut pas tromper Gaëlle, mais cette femme lui fait tellement de bien pour le moment, qu'il oublie sa fidélité et laisse échapper un soupir de bien-être et lui murmure de ne pas arrêter.

La jeune femme ayant eu le feu vert du jeune homme, se recule un peu sur les jambes de Quentin et se penche jusqu'à ce que sa langue atteigne le bout du sexe qui dépasse du boxer. Là elle joue avec, passe sa langue autour, le prend en bouche en aspirant légèrement et le relâche. Elle fait descendre le pantalon et le boxer jusqu'au genou de Quentin, passe sa main toujours gantée sur le sexe humide, pose ses doigts autour, les resserre et les fait descendre très lentement pour que la peau se tende. Elle remonte tout aussi lentement et fais plusieurs fois ce mouvement. Elle regarde Quentin. Il a les yeux fermés, la tête le long du mur légèrement en arrière, il se mord la lèvre inférieure et respire fort.

Il sent qu'elle le regarde et ouvre les yeux. Elle fait sortir un de ses seins de son décolleté et le lui montre, elle se titille le téton avec sa langue, puis l'approche de lui pour qu'il passe sa langue lui aussi dessus. Elle soupire près de l'oreille du jeune homme, ce qui lui donne la chair de poule et donne une secousse à son sexe. Elle se remet donc à faire des va et vient avec sa main droite et avec la gauche, relève sa robe et passe ses doigts sur sa culotte. Quentin la regarde faire et lui sourit. Elle rentre sa main dans sa petite culotte satinée et commence à se caresser. Elle fait monter et descendre sa main gauche en même temps que sa main droite qui tient le sexe de Quentin.

Quentin lui demande d'écarter sa petite culotte pour qu'il puisse profiter de la vue et elle s'exécute. Elle écarte également les lèvres de son sexe pour laisser apparaitre son petit bouton gonflé de plaisir et de désir. Quentin a envie de le toucher mais lorsqu'il veut bouger il sent le fer des menottes lui refroidir les poignets et lui rappelle qu'il est attaché. Que c'est frustrant de ne pas pouvoir la toucher mais très excitant en même temps.

Elle écarte toujours ses lèvres avec son index et son annulaire qui maintient aussi sa culotte sur le côté, et caresse de bas en hauts et de haut en bas son clitoris avec son majeur. Il la regarde avec envie, et lui demande de continuer à se masturber en même temps. Elle s'exécute et prend son clitoris entre son pouce et son index pour jouer avec, puis entre son index et son majeur et fait des va et vient en même temps qu'à Quentin, qui gémit de plaisir. Il l'observe en même temps, elle aussi se mordille la lèvre du bas et il comprend qu'elle aussi est remplie de désir. Elle écarte à nouveau ses lèvres avec ses deux doigts et avec son majeur, tourne sur son bouton encore plus gonflé. Elle gémit à son tour en se tortillant sur les jambes de Quentin car rappelons-le elle est toujours à califourchon sur lui.

Ils ont tous les deux le souffle coupé, elle retient sa respiration parfois et laisse tomber sa tête vers l'arrière avec un gémissement plus fort, et elle décide à ce moment-là d'accélérer ses mouvements sur lui comme sur elle. Elle entend Quentin qui respire de plus en plus vite, un râle rauque qui s'échappe de temps en temps de sa gorge, et elle qui gémit de plus en plus. Elle sent que pour elle s'est bien là, elle relâche le sexe de Quentin, elle ne veut pas qu'il vienne en même temps qu'elle, elle a envie de lui et ne compte pas le laisser partir comme ça.

Elle accélère ses doigts sur son clitoris, son corps se tend en arrière, elle se cambre de plus en plus, gémit de plus en plus et Quentin n'en peut plus, ses gémissements le rendent fou, il a envie d'elle lui aussi et il n'attend qu'une chose qu'elle le détache pour lui faire l'amour.

Mais au lieu de ça, elle continue à gémir, à se tortiller, il comprend qu'elle va bientôt jouir et il la regarde, son corps complètement tendu en arrière, sa main droite l'ayant lâché, posée sur le lit derrière elle, en appui dessus. Elle n'en peut plus, ça vient et elle jouit sans retenue, ce qui excite encore plus Quentin.

Elle se redresse doucement vers l'avant, reprend doucement sa respiration, passe sa main sur le sexe de Quentin pour estimer s'il est assez dur et vue l'excitation que le jeune homme a eue en l'entendant et la voyant faire, il n'y a aucun souci de ce côté-là. Elle remonte alors son corps sur les jambes de celui-ci. Il sent alors son entrejambe humide sur son genou et sourit. Elle prend dans sa main le sexe de Quentin, le redresse, se positionne au-dessus de lui et se laisse descendre doucement sur celui-ci. Ils lâchent tous deux un petit gémissement de plaisir et commence alors un rodéo intense.

Elle accélère le mouvement, leur respiration est saccadée, elle se cambre en arrière pour qu'à chaque fois qu'elle descend le sexe de Quentin s'enfonce bien. Ils sont au bord de l'extase. Encore quelques descentes et remontées et ça va venir. Il le lui dit, elle le sent et comme d'un commun accord, ils jouissent en même temps, en gémissant autant qu'ils le peuvent, entre deux respirations. Elle reste sur lui, il reste en elle, elle sent les vaisseaux sanguins de leurs 2 sexes qui se gonflent et se dégonflent, et les battements de leur cœur suite à l'excitation.

Elle se relève, remet sa petite culotte en place. Elle détache les mains de Quentin, qui les frottent instinctivement. Elle se couche près de lui. Il la regarde et sent des larmes monter dans ses yeux.

- Je suis désolé si je ne parle pas trop, je me sens mal malgré le plaisir que vous venez de me donner.

- Je comprends (tiens, elle parle, enfin elle murmure)

- En tout cas c'était très agréable

- Merci je retourne le compliment

- Je pense à ma petite-amie, j'ai voulu lui être fidèle mais vous avez mis le paquet et j'ai craqué.

- Je me doute, je l'ai fait pour en même temps. C'était ce qui était prévu.

- Depuis quand connaissez-vous Gaëlle ?

- Depuis toujours

- Elle ne m'a jamais parlé de vous pourtant.

- Normal elle me garde en secret, elle n'aime pas ce que je suis, elle est timide et réservée, je suis extravertie et dévergondée comme elle dit.

- J'aime le côté réservé de ma chérie mais si parfois elle pouvait être comme vous ça serait super.

- C'est bon à savoir (elle n'allait pas lui dire j'espère)

- On fait comment maintenant ? Je vais perdre la femme de ma vie mais je ne vais pas pouvoir lui mentir, je me dois de lui dire ce qui vient de se passer.

- Elle est déjà au courant et ne vous inquiétez pas vous ne la perdrez pas.

- Comment ça elle est déjà au courant ? je ne comprends pas

- Ça fait partie de son jeu

- Quel jeu ?

La jeune femme s'assoit dans le lit, et se met à éclater de rire. Quentin ne comprend rien à ce qu'elle vient de dire. Qu'allait penser Gaëlle de tout ça ?

La jeune femme le regarde, pose ses mains de chaque côté de son masque et le retire doucement...

Oh ce n'est pas vrai, je rêve...qu'est-ce que c'est que cette embrouille ? se demande-t-il en voyant le visage de cette femme.

- Mais pourquoi ?

- Tu te rappelles du mot que je t'ai tendu où il était écrit « de te laisser faire »

-Mais...

- Mon cœur, j'ai voulu fêter nos 7 mois d'une façon spéciale. Je n'ai jamais osé te montrer ce dont j'étais capable sexuellement, j'étais toujours sur la réserve. Mais là vu que tu ne me voyais pas vraiment j'ai pu me lâcher, faire ce que je voulais et te donner le plaisir comme je le voulais.

- Mais j'ai cru que je te trompais, tu imagines ce que j'ai ressenti ?

- Oui je l'imagine, je t'ai demandé une chose et je voulais voir si tu le ferais.

- Si je ferais quoi ?

- Je t'ai demandé de me faire confiance, et si tu ne t'étais pas laisser faire, tu n'aurais pas eu confiance en moi. Tu m'as certes trompé techniquement parlant mais tu as fait ce que je te demandais donc il n'y a pas tromperie. Et puis avoue que tu as aimé (elle rit et se penche pour embrasser Quentin)

- Je ne trouve pas ça très drôle, enfin oui j'avoue que j'ai apprécié et j'espère que ça sera à chaque fois comme ça, avec ou sans masque.

- Promis mon cœur

- Merci mon amour, je t'aime….

Quentin l'embrasse langoureusement. Il espère que son « je t'aime lui » a fait quelque chose mais d'un coup il se recule, se met à genoux dans le lit.

- Ma chérie, tu es complètement folle mais j'adore ta folie douce. Je me suis rendu compte que mon amour pour toi était encore plus fort que je ne le pensais. Je... Je... Je voulais te demander…si…tu voulais bien devenir ma femme...

- Oh mon amour, je ne m'attendais vraiment pas à ça. Je t'aime tellement. Avec joie je veux devenir ta femme, ça fait un moment que je sais au fond de moi que tu es l'homme de ma vie.

Il la prend dans ses bras, l'embrasse, passe enfin ses mains sur le corps nu de celle qu'il aime et qui va devenir sa femme dans quelques mois, soulager de ne pas l'avoir vraiment trompé.

Ils vont pouvoir profiter de leur week-end à Venise mais avant ça, il ne résiste pas à l'envie de caresser l'entrejambe de sa fiancée car il n'avait pu que la regarder faire et la fait basculer sur le lit pour lui faire l'amour plusieurs fois dans la nuit, sans masque et sans tabou.

2 – L'amour à la campagne

Bien le bonjour chère amie

Que faites-vous donc par ici

A 100 lieues de chez vous

Que faites-vous parmi nous ?

Mais quelle jolie robe vous portez

Avec ce charmant décolleté.

Mon regard insoupçonnable

Scrute ce gouffre insondable

Qu'une telle gorge ainsi dénudée

Un homme d'église pourrait perturber.

Et sur vos lèvres si pulpeuses

Je donnerais volontiers une bise juteuse.

Offrez-moi donc votre cou

Que je le baise à mon gout

Vos mains si douces et si agiles

Pourraient avoir un geste malhabile

Et innocemment frôler mon bas ventre

Que vos longs doigts feront tendre.

Vous rougissez, cette couleur vous va à ravir

La pâleur ne vous va point il fallait agir.

Venez donc derrière cette muraille

Nous serons mieux sur de la paille.

Le fermier d'à côté l'aura laissé ici par oubli

Elle nous servira quand nous serons dessus comme sur un lit.

Regardez-moi ma douce, pourquoi donc tremblez-vous ?

Laissez-moi à vos pieds me mettre à genoux.

Retroussez donc vos jupons

Pendant que je baisse mon pantalon.

Est-ce mon sexe en érection

Qui vous donne cette étrange expression ?

Ne vous inquiétez pas, il faut bien l'admettre

Il s'agit de plusieurs centimètres

Mais quand il sera bien rentré

Vous verrez que de plaisir vous gémirez !

Adossez-vous au mur et écartez vos gambettes

Pour que ma langue vienne titiller votre minette.

Je sens que de plaisir vous suffoquez

J'active mes mouvements pour que vous haletiez.

Charmante jeune fille aux cambrures dessinées

Vous donnez à un vieil homme un plaisir insoupçonné.

Vos seins si ronds et si durs que je viens de caresser

Me donne pleine envie de vos vêtements vous détrousser.

Faites donc glisser votre robe et vos jupons

Jusqu'à vos chevilles que je vous vois d'aplomb.

Votre corps si somptueux de caresses je le couvre

Pendant que ma bouche, votre petit bouton le recouvre

J'aspire, le lèche et rentre ma langue dans cette petite fente

Que votre mère vous donne quand il y a 20 ans elle vous enfante.

Quelle odeur délicieuse, quel gout délectable

Lorsque votre cyprine dans ma gorge s'écoule, insatiable.

Mon envie de vous prendre s'accroit étrangement

Quand mon dernier coup de langue vous vole ce pur gémissement.

Allongez-vous donc sur ce lit de fortune

Sur le ventre, s'il vous plait, que je vois votre lune.

Votre corps tout entier m'appelle à haute voix

Mettez-vous donc à genoux pour cette fois.

J'écarte vos lèvres pour entrer mon sexe durci

Votre vagin étroit, me fait un tel effet que je gémis.

Je m'accroche à vos hanches pour mieux voir votre croupe

Et tel un chevalier, l'épée à la main qui emmène sa troupe

Je fais des va-et-vient, mon sexe en avant

Le faisant s'activer tel ce chevalier combattant.

Je vais te tutoyer ça sera plus facile

Puisqu'entre nous deux s'est devenu très tactile

Tu es bien docile cher amour d'une fois

Car qui voudrait d'un vieil homme comme moi.

Mes cheveux blancs ne donnent pas forcément envie

A une jeune femme de finir dans mon lit.

Mais là je profite de ce que tu m'offres

J'accélère le mouvement comme pour ouvrir un coffre.

Vas-y, gémis encore ma complice

Tu m'excites et je veux gouter à ton autre orifice.

Tu m'offres le plus beau cadeau le derrière en l'air

Dans ton autre trou, Je vais finir mon affaire.

Cries-tu de plaisir ou de douleur ?

Ah ! Tu gémis, tu m'as fait peur !

Si tu n'apprécies pas dis le moi et j'arrête.

Tu veux que je continue… Merci beaucoup ma chère conquête.

Cet endroit m'émoustille

Et ton clitoris de mes doigts je titille.

Tu gémis, tu te donnes à moi complètement

Tu retiens tes gémissements.

Je n'en peux plus, je sens venir

Comment ? Tu as peur de défaillir ?

Encore un instant mon jeune amour je viens

Enfin tout deux ensemble nous jouissons… C'est la fin.

Tu t'étends sur la paille, je me couche sur toi

Ton souffle haletant me comble de joie.

Je me retire enfin délicatement,

Et je sens en toi un petit frémissement.

Tu as donc aimé notre moment intime et quelque peu maladroit

Si tu en as envie on le refera une autre fois.

Tu acquiesces ! Tu aimes donc ce que je t'ai donné

Pour une jeunette, l'expérience prime sur l'ancienneté.

Tu reviens quand tu veux ma chère enfant

Car malgré tout, mon âge moins le tien donne bien 30 ans

Peu importe le temps pourvu qu'on ait l'ivresse

Je te donnerais la qualité quand tu m'offriras ta jeunesse.

A bientôt donc ma douce, ma belle, ma mie

Quand tu reviendras je t'attendrais sur mon lit.

Douce chaleur ce soir en m'endormant,

Car je repenserais à cet instant présent,

Et de ma main experte, je jouirais à nouveau

En t'imaginant sur moi ça sera ton cadeau.

Si tu en as l'envie, ce soir en même temps

Tu pourrais te donner ce plaisir exaltant.

Tu rougis en y pensant déjà

C'est bien la preuve que tu reviendras.

Je t'attends déjà impatient mon jeune amour

Pour que de mon sexe je te fasse découvrir d'autres atours.

Je te laisse vaquer à tes obligations,

Mais ne me laisse pas trop longtemps sans attention,

A trop attendre je risque de chercher ailleurs

Ce que tu peux me donner de meilleur.

A demain je l'espère, même heure même endroit

Je te ferais découvrir l'amour comme il se doit.

3 – Un anniversaire inattendu

Mais quel est donc ce bel inconnu ? Victoria écarta les branches près du portail pour voir qui allait sortir de cette superbe voiture. Il a un chauffeur ce doit être un vieil homme riche se dit-elle.

C'est alors que le majordome ouvrit la portière et qu'elle vit cet homme, grand, élancé, de long cheveux châtain qui lui cachaient le visage.

Elle essaya de voir ses mains, si elles sont ridées c'est qu'il n'est plus tout jeune. Mais il porte des gants. Des gants en plein été c'est bien étrange....

Elle était dans ses pensées quand il tourna la tête vers le portail. Elle sursauta quand elle sentit le regard de l'homme qui avait attiré son attention. Il était jeune, c'est tout ce qu'elle espérait, de magnifiques yeux vert qui lui donnaient un regard si intense. Elle sentit son visage s'empourprer quand elle croisa son regard, mais il était si beau qu'elle ne put détourner le regard.

« Qui est donc cette jeune femme brune à l'entrée Hector ? » demanda le jeune homme à son majordome. Il regarda à son tour et Vicky (c'est ainsi que tous ses amis l'appelaient) sentit sa poitrine battre si fort qu'elle manqua défaillir. Pourquoi la regardait-il lui aussi ? Lui avait-il demandé qui elle était ou était-il en colère qu'elle se soit caché pour regarder.

« C'est Victoria, la plus jeune des filles de Mme Choups votre cuisinière, Monsieur. » répondit Hector. « Il ne vient jamais personne d'habitude, elle ne sort jamais et est très curieuse de tout donc j'imagine qu'elle a cherché à savoir qui arrivait. Du haut de ses 20 ans c'est encore un bébé pour sa mère qui la couve de trop à mon gout » surenchérit-il, le sourire au coin des lèvres. Il la considérait un peu comme sa fille, il l'avait vu naitre, grandir et quand son père, son meilleur ami, décéda quand elle n'eut que 3 ans, il la prit sous son aile. Elle le suivait partout dans la maison et quand les propriétaires venaient et qu'elle se cachait derrière les rideaux pour voir ce qui se passait, il faisait semblant de ne pas la voir pour qu'elle reste près de lui. Mme Choups, sa mère, était désespérée de la voir courir partout dans la maison, trainer dans les pattes d'Hector, mais celui-ci la rassurait en lui disant que ça le distrayait.

Il était dans ses pensées quand Etienne, le jeune maitre, l'interrompit et lui demanda de faire venir cette jeune femme pour la lui présenter. Cela faisait pas mal de temps qu'il n'avait pu discuter avec une personne de son âge ou presque. Il allait fêter ses 24 ans et ses parents avaient préféré l'envoyer dans leur manoir pour être « tranquilles » comme ils le lui ont dit. Des soucis apparemment les avaient rendus si amers qu'ils n'ont même pas penser à son anniversaire et qu'il allait être seul pour le fêter. Triste vision des choses quand il y pense mais Vicky lui tiendra peut-être compagnie ce jour-là et ça lui rendait un peu le sourire.

Hector fit signe à Victoria d'approcher et la jeune femme, un peu honteuse d'avoir été repérée, s'exécuta la tête basse. Quand elle fut proche des 2 hommes elle releva la tête et vit de plus près ce jeune homme qu'elle admirait de loin. Hector fit les présentations et elle apprit donc qu'il était le fils des propriétaires, qu'il s'appelait Etienne et qu'il allait rester là, seul, plusieurs mois.

Elle sourit machinalement car elle se mit à penser que quelqu'un de quasiment son âge était la bienvenue dans cette maison, car il n'y avait que des personnes de l'âge de sa mère vu que ses sœurs étaient soit mariées, soit dans de grandes écoles loin d'ici.

Enfin de la jeunesse dans ce vieux manoir, quelle joie pour elle. Et qui plus est, il était bel homme, tant qu'à faire, autant profiter des belles choses quand il y en a se dit-elle en retenant un fou rire.

Cela fait plus d'une semaine que le jeune Etienne était arrivé et le manoir reprenait vie grâce à lui et à son amie Victoria. On les entendait s'amuser et rire dans chaque pièce et le personnel se surprenait à rire en les entendant.

Etienne apprit à Vicky à jouer au badminton mais ça se terminait toujours en fou rire. On les entendait se chamailler pour des lectures dans la bibliothèque, c'est à celui qui aura raison et ça finissait toujours par des rires, donc personnes ne s'inquiétaient quand ils les entendaient se disputer.

On les vit courir de pièces en pièces en s'esclaffant, Vicky la première suivie de près par Etienne qui tentait de l'attraper, mais faisant toujours semblant de la rater pour la laisser prendre de l'avance et lui courir après de plus bel.

Quand ils arrivaient aux cuisines, Mme Choups faisait toujours semblant de s'énerver mais dès qu'ils quittaient la pièce elle sourit de voir sa fille s'amuser autant.

Quand ils passaient dans les couloirs, Vicky se cachait dans les rideaux opaques des fenêtres et quand Hector était dans les parages, elle lui faisait un clin d'œil pour lui demander de ne rien dire à Etienne, ce qui amusait le Majordome qui ne disait rien bien sûr et qui souriait lorsqu'il voyait Vicky arriver derrière Etienne et qu'elle lui tapotait dans le dos pour repartir en courant en éclatant de rire en voyant la tête qu'avait fait le jeune homme étonné.

Un jour qu'il se courait après dans la bibliothèque, ils se retrouvèrent à tourner autour d'une des tables et Etienne n'avait plus envie de faire semblant… il tourna plus vite et attrapa la jeune fille par la taille. Elle fut surprise et le souffle coupé par l'étreinte du jeune homme. Son rire s'éteignit pour laisser juste un léger sourire sur son visage.

Etienne fut tout autant surpris par son geste, il la regarda intensément et ne put résister à l'envie de regarder son décolleté où sa poitrine se soulevait par l'essoufflement de leur course folle. Vicky rougit lorsqu'elle vit ce qu'Etienne regardait. Elle portait un chignon qu'Etienne se hâta de défaire dévoilant une longue chevelure brune ondulée qui se mariait merveilleusement bien avec ses yeux bleus azur.

Ses yeux verts se noyèrent dans les yeux bleus de cette jeune femme qu'il connaissait depuis peu et qui tout d'un coup l'attirait. Il passa ses doigts dans ses cheveux soyeux et tout en l'attirant vers lui en resserrant son bras autour de sa taille, il posa délicatement ses doigts sur sa nuque et approcha son visage de celui de Vicky. Elle sentit le souffle du jeune homme sur son visage, ses jambes se dérobaient sous elle, heureusement qu'il la tenait se dit-elle quand il posa ses lèvres sur les siennes.

Ce baiser si intense lui coupa le souffle et lorsqu'elle sentit sa langue cherchant une entrée, elle ne put s'empêcher d'écarquiller les yeux. Elle n'avait jamais eu de petit ami encore. Le seul baiser qu'elle avait eu c'était lors de la fête du village. Elle regardait les autres de son âge danser au bal et comme chaque année elle y venait seule. Elle avait l'habitude de rester dans son coin, de faire tapisserie comme elle entendait les filles dire en se moquant d'elle. Pourtant elle était très jolie, mais sa timidité l'empêchait d'être à l'aise avec les autres. Ce soir-là, Robert un des jeune du village voisin s'approcha d'elle et l'invita à danser, elle hésita, regarda les autres qui riaient et pour les moucher, accepta la main tendue du jeune homme. Elle dansa une valse avec lui et à la fin de celle-ci retourna sur sa chaise. Quand elle en eut assez, elle se leva et sorti de la piste pour rentrer chez elle. Quelques mètres plus loin se tenaient le groupe de jeunes qui la toisèrent du regard. Robert s'approcha d'elle, la regarda, et lui vola un baiser, si court fut-il, il lui brula les lèvres car elle n'en avait jamais eu avant celui-là. Et ce fut le seul qu'elle eut, cela faisait 4 ans et elle n'osait plus se montrer au village tant elle avait honte d'avoir apprécié le geste de robert qui malheureusement pour elle avait juste parié avec ses amis qu'il lui volerait facilement ce baiser.

Mais là, dans les bras d'Etienne, elle se sentit différente, elle n'avait pas envie que ce baiser ne fut qu'un baiser chaste. Alors elle entrouvrit ses lèvres et laissa rentrer la langue de cet homme. Elle avança la sienne à la rencontre de cette langue qui cherchait un passage et lorsqu'elles se trouvèrent, un doux ballet commença, s'entremêlant, se caressant avec délicatesse. Ce baiser était si bon qu'elle voulut que le temps s'arrête pour le savourer encore plus.

Ils étaient tous les deux sur un petit nuage lorsqu'ils sursautèrent en entendant Hector toussoter derrière eux. Ils s'éloignèrent si rapidement l'un de l'autre qu'Etienne faillit tomber à la renverse, ce qui fit sourire Victoria, et lorsqu'elle vit le malaise du jeune homme tout aussi fort que le sien, elle ne put s'empêcher de laisser échapper un soupir de satisfaction.

Tous deux mal à l'aise devant Hector, qui lui s'amusait de les voir rougir et se confondre d'excuses, prirent congé l'un de l'autre. Vicky rejoignit les cuisines, pensive, le sourire aux lèvres, ses doigts les caressant et se remémorant cette douce chaleur qu'elle sentait encore sur sa bouche. Sa mère la voyant ainsi lui demanda ce qu'il lui arrivait et elle ne sut que répondre. Elle se mordit alors légèrement la lèvre du bas comme un enfant pris en faute et ne sachant que dire. Ce qui fit sourire sa mère qui espérait bien que le jeune maitre et sa fille tomberaient amoureux.

Etienne était resté seul avec le majordome sans dire un mot car il savait qu'Hector protégeait Vicky. Mais celui-ci ne fit aucunes allusions à ce qu'il venait de surprendre. Il en était même heureux au fond de lui, heureux pour victoria.

Il expliqua à son jeune maitre qu'il était venu lui annoncer que ses parents avaient demandé à la fille de leurs voisins de venir le rejoindre afin qu'il ne soit pas seul pour son anniversaire. Ils ne l'avaient pas oublié mais ils ne pouvaient être présent. Ils espéraient que la jeune Cathy lui ferait oublier ce désagrément.

Etienne par politesse sourit, mais au fond de lui il n'appréciait pas l'initiative de ses parents. Ils ne savaient pas ce qu'elle lui faisait endurer toutes les fois qu'elle le voyait, quasiment tous les jours depuis 3 mois. Elle surveillait ses allées et venues pour lui sauter dessus dès qu'il arrivait. Elle le harcelait, lui écrivait des lettres très explicites où elle lui disait qu'il lui plaisait, qu'elle attendrait le temps qu'il faudra pour qu'il accepte ses avances et qu'enfin leurs lèvres et leur corps pourraient s'unir. Mais malheureusement pour elle, Etienne n'était pas attirer par elle. Non pas qu'elle n'était pas jolie, au contraire, mais il n'y avait pas que le physique qui l'intéressait, et Cathy n'avait pas assez de subtilités à son gout.

Ce qui l'intéressait d'ailleurs chez Victoria, car il se mit à penser à elle en même temps, c'était son intelligence, tout autant que sa beauté, sa gentillesse, son rire, sa bonne humeur et cette douceur qu'elle dégageait. Il ne comprenait pas ce qui lui arrivait car depuis son arrivée et le temps passé ensemble il n'avait pas fait vraiment attention à tout cela. Et quand elle fut dans ses bras, il se rendit compte qu'il ressentait autre chose que de l'amitié pour elle. Vicky, une jeune femme comme il recherchait, et voilà que ses parents lui mettaient dans les bras Cathy, pour qui il n'accordait aucuns intérêts. Tant pis, il composera, pour faire plaisir à ses parents qui ont pensé à lui malgré tout.

Il fut interrompu dans ses pensées par un coup de klaxon. Il était arrivé dans sa chambre sans même s'en être rendu compte et s'était couché sur son lit pour penser à Vicky en regardant machinalement le plafond, où l'on pouvait voir une peinture représentant un jeune cupidon dodu tirant ses flèches sur un couple assis sur un banc. En revenant à la réalité et en voyant cette fresque il se mit à sourire en s'imaginant qu'il s'agissait de lui et de la femme de ses pensées. Il n'arrivait pas à oublier ce baiser, il sentait encore le feu ardent de celui-ci sur ses lèvres et ne put s'empêcher de passer sa langue dessus en espérant trouver le gout des lèvres de Vicky.

Il se leva et alla vers sa fenêtre pour voir qui était la personne qui l'avait sorti de ses songes et il vit sortir d'une magnifique voiture blanche, Cathy, aidée par son chauffeur. Elle portait une robe avec une longue traine. Quelle idée de mettre ce genre de robe à la campagne se dit-il en secouant la tête par mépris. Si elle croyait qu'elle allait le faire chavirer avec cette tenue, c'était raté, et malgré le décolleté si plongeant qu'elle avait, Etienne fut plutôt dégouté par une telle vulgarité.

Il descendit pourtant pour l'accueillir comme l'aurait voulu sa mère qui lui avait appris les bonnes manières, mais lorsqu'elle voulut se jeter à son cou, il lui tendit la main pour la lui serrer tels deux étrangers. Elle fut choquée par ce geste et tout en se mordant les lèvres de colère elle tendit sa main à son tour.

Il demanda à Hector de lui montrer ses appartements et lui précisa que le repas serait servi à 19h30 précise et qu'il détestait attendre. Il allait monter dans sa chambre lorsqu'il aperçut dans l'encadrement de la porte de la cuisine Vicky. Il se retourna vers Cathy et l'informa qu'ils ne seraient pas seuls ce soir pour diner et que son amie Vicky serait présente. Vicky le regarda étonnée mais lui sourit lorsqu'il lui envoya discrètement un baiser de la main.

Le soir venu, Vicky attendit Etienne près de la porte de la salle à manger. Elle portait une jolie robe de couleur ivoire, simple, avec quelques dentelles et laissant deviner la naissance de ses seins. Lorsqu'Etienne arriva près d'elle, elle sentit ses joues s'empourprées, et elle essaya de cacher ses sentiments, mais Etienne ressentant la même chose compris son malaise et lui déposa un baiser furtif sur ses lèvres rosées et au gout de framboise dont Etienne se délecta. Ils sourirent et entrèrent dans la salle où Cathy les attendait déjà.

Elle s'était changé, mais sa robe ne plaisait guère plus à Etienne, toujours aussi vulgaire à son gout. Il fit les présentations et tenait sans s'en rendre compte Victoria par la taille, ce qui étonna Cathy mais elle se tut sur ce point, du moins pour le moment.

Pendant tout le repas, elle ne put s'empêcher de voir les petits regards et les sourires en coin que se lançaient les deux amoureux. Ce qu'elle ne voyait pas, c'était que sous la table, Etienne en profitait pour faire du pied à sa douce. Cathy voyait bien les joues de Vicky s'empourprer, mais n'avait pas cherché à savoir ce qu'il lui arrivait.

Hector voyant ce qui se passait se retenait de sourire mais il était heureux pour Vicky. Pourvu que cette mademoiselle Cathy ne s'amuse pas à les séparer, ça serait terrible pour sa petite protégée, se mit-il à penser.

A la fin du repas, Madame Choups arriva avec un superbe gâteau d'anniversaire et 24 bougies allumées. Tout le monde entonna un « joyeux anniversaire Etienne » et il souffla ses bougies en faisant le vœu de pouvoir vivre son histoire d'amour avec Vicky sans problèmes. Bien sûr il garda son vœu pour lui, mais en secret, Vicky fit le même vœu.

C'est alors que Cathy se leva, s'approcha d'Etienne, et malgré l'assistance, se mit sur la pointe des pieds face à lui et l'embrassa fougueusement. Etienne resta les bras ballants, étonné, surpris, les yeux grands ouverts cherchant Vicky du regard. Il la repoussa vivement et sa colère fut très forte. De quel droit avait-elle osé, comment avait-elle pu poser ses lèvres sur les siennes et surtout devant Vicky ? Certes elle ne savait pas pour eux deux mais tout de même. Quel manque de respect à ses yeux.

Il vit Vicky se lever, pâle, les yeux remplis de larmes. Elle s'excusa et sortit de la pièce la tête haute mais le cœur déchiré.

Il eut envie de gifler Cathy pour son geste, mais il était gentleman et il sut se retenir. Sa main le démangeait mais il lui lança un regard si noir malgré ses yeux verts que Cathy manqua défaillir. Il n'arrivait pas à se calmer à l'intérieur de lui. Vicky était partie, elle devait être en larmes à ce moment même et ne voudrait surement plus le voir après cela. Ça le rendait fou de rage. Il réussit à desserrer les dents pour lancer d'un ton sec et tranchant qu'il n'avait plus rien à lui dire et qu'il ne voulait plus la voir. Il fallait que demain matin à la première heure elle soit parti de chez lui.

Il lui souhaita malgré tout une bonne nuit et sortit de la pièce le cœur lourd en pensant à Vicky. Comment allait-elle ? Lui pardonnerait-elle ? En même temps il n'avait rien fait, oui c'était bien là le problème, il n'avait rien fait pour la repousser, il se sentait mal mais il l'avait laissé faire. Quel idiot il était. Madame Choups interrompit ses pensées et lui dit que Vicky était une fille bien, qu'elle saurait faire la part des choses s'il savait lui expliquer correctement, et surtout il était temps qu'il lui avoue vraiment ses sentiments.

Il monta dans sa chambre, le visage décomposé, à se poser des milliers de questions. Il était persuadé qu'il avait perdu celle pour qui son cœur battait. Il se déshabilla et se coucha nu sur son lit. Cathy vint frapper à sa porte, elle voulait à tout prix s'excuser. Elle espérait qu'il lui pardonnerait, mais il n'en fut rien. Il refusa de lui ouvrir et de lui parler. Il ne voulait plus la voir et lorsqu'il rentrerait chez ses parents, il ne voulait en aucun cas la revoir, elle devra l'ignorer auquel cas il expliquera tout a ses parents, ses gestes, ses lettres. Elle le supplia de n'en rien faire et il accepta si elle le laissait définitivement tranquille. Elle accepta, des sanglots dans la voix en le lui disant, mais malgré cela Etienne ne revint pas sur le fait qu'elle devait être partie le lendemain matin.

Elle pleura derrière sa porte, cria, le supplia, mais rien ne fit faiblir le jeune homme. La seule chose à laquelle il pensait c'était comment récupérer sa bien-aimée Vicky. Elle entendait les supplications de Cathy et resta surprise qu'Etienne ne lui ouvrit pas. Elle était heureuse qu'il ne le fasse pas, mais elle ne savait plus que penser. Elle n'avait jamais ressenti cela pour un homme et elle souffrait au fond d'elle.

Les cris de la jeune femme cessèrent et elle n'entendit plus rien. Elle avait surement dû comprendre ou alors, non ce n'est pas possible, il n'avait pas fait ça. L'avait il fait rentrer dans sa chambre ? Oh non pas cela se dit elle et elle sentit les larmes revenir de plus bel.

Elle mit sa tête dans son oreiller pour que sa mère n'entende pas ses sanglots quand soudain elle entendit tapoter à sa porte. Quand elle demanda qui c'était, personne ne répondit. Le tapotement se fit à nouveau et comme personne ne répondait, elle alla ouvrir. C'était Etienne, le visage triste, des larmes pleins les yeux, nu comme un ver devant sa porte. C'était la première fois qu'elle voyait un homme nu. Elle se mit à rougir et ne savait plus où regarder.

Etienne lui parla, des sanglots dans la voix, lui expliquant pour qu'elle comprenne. Elle ne savait plus, elle l'écoutait, des larmes elle aussi plein les yeux. Il lui avoua ses sentiments et lui demanda les siens. Ils étaient debout l'un en face de l'autre, les volets de la chambre de Vicky entrouverts laissaient passer un rayon de lune. Etienne se rapprocha de Vicky, lui prit la tête entre ses mains, la regarda droit dans les yeux.

« Je te veux toi Vicky et personne d'autre, je veux tes baisers, tes caresses, ton corps, je ne veux personne d'autre que toi, comprends-tu ? » lui dit-il.

Vicky sentit sa main droite descendre dans son dos pour l'attirer vers lui, et son autre main caresser sa joue. Elle le laissa faire, ferma les yeux et tendit ses lèvres vers cet homme qu'elle voulait aimer.

Le sourire aux lèvres il approcha son visage du sien et lui murmura des mots à l'oreille qui la firent sourire à son tour.

Il posa délicatement ses lèvres sur celles de la jeune femme, qu'elle avait au préalable entrouvertes pour reprendre là où l'après-midi Hector les avait faits s'arrêter. Elle se colla contre Etienne. Elle sentit le corps d'Etienne tout entier se mettre au garde à vous. Elle ne savait pas trop comment s'y prendre mais elle laissait son instinct faire. Elle passa sa main sur le dos nu d'Etienne, celui-ci frissonna et l'embrassa plus fougueusement. Elle passa le bout de ses doigts le long de sa colonne vertébrale et celui-ci laissa échapper un petit soupir. Leurs bouches se séparèrent et il posa ses lèvres dans son cou, et les fit descendre jusqu'à son décolleté. Il déboutonna sa robe et la fit glisser le long de ses jambes. Le tissu glissant sur son corps la fit frissonner à son tour. Elle fut gênée quand il la regarda et croisa ses bras sur ses seins. Il était si doux, ses gestes si tendres que quand il les lui décroisa, elle le laissa faire.

Il posa sa bouche sur le haut de son sein, elle se cambra en arrière pour qu'il soit plus à l'aise et il vint titiller son téton avec sa langue. Jamais elle n'avait vécu ça, et elle savourait chacun de ses gestes. Il entoura le bout de son sein avec sa langue puis refermant ses lèvres dessus il aspira délicatement pour ne pas lui faire mal.

Elle n'était pas expérimentée mais elle avait des grandes sœurs qui lui avaient expliqué les attentes de ces messieurs et elle essayait de se rappeler. Elle fit remonter le bout de ses doigts le long de son dos tout en posant ses lèvres dans son cou. Elle laissa vagabonder sa bouche et descendit sur son torse, chaque fois elle embrassait du bout des lèvres son corps. Elle descendit vers son téton gauche, qu'elle titilla du bout de sa langue.

Etienne la regardait faire, le souffle court car elle l'excitait énormément et le fait qu'elle ne soit pas experte encore plus.

Vicky alla sur l'autre téton et joua comme avec l'autre tandis que ses mains caressaient les flancs de cet homme qu'elle désirait. Elle fit passer ses doigts sur le torse d'Etienne, descendit sur son ventre, arriva à son bas ventre et eut une légère hésitation. Elle fit descendre sa main et frôla le sexe d'Etienne qui laissa échapper un léger râle de bien-être. Elle osa poser sa main sur ce sexe durcit par l'envie qu'elle lui procurait, elle n'aurait jamais imaginé qu'il aurait autant envie d'elle.

Elle s'accroupit face à lui, ils se regardèrent quelques instants et délicatement elle passa sa langue sur son sexe en remontant de la base vers le gland. Sa langue arriva au bout, elle fit le tour et redescendit. Etienne était aux anges, elle était si douce dans ses gestes, ça faisait monter le désir en lui, il ne savait pas s'il tiendrait longtemps encore. Vicky recommença son ascension et elle mit le bout de son sexe dans sa bouche, elle commença à faire de petits va-et-vient comme lui avaient expliqué ses sœurs. Et quand elle remontait elle jouait avec sa langue tout autour de son sexe. Elle fit descendre sa main pour qu'elle vienne rejoindre sa bouche et accéléra les mouvements. Elle retira sa bouche et se mit à accélérer avec sa main tout en jetant un regard à Etienne, qui avait les yeux fermés, et qui mordait sa lèvre inférieure de plaisir. Elle se mit à accélérer de plus en plus vite, elle entendait Etienne respirer de plus en plus vite aussi. Elle resserra légèrement ses doigts autour de son sexe, accéléra encore un peu puis ralentit et vient jouer à nouveau avec sa langue et sa bouche. Etienne gémit de plaisir et elle fut ravie de l'entendre. Elle recommença encore une fois son accélération lorsqu'Etienne posa sa main sur sa tête pour lui faire comprendre d'arrêter. Il la releva, l'embrassa langoureusement et la fit reculer vers le lit. Il l'allongea délicatement et l'installa le dos sur le lit et les pieds posé au sol.

Il s'assit près d'elle sur le lit, l'embrassa à nouveau tout en lui caressant de la main ses seins. Puis laissa à son tour sa bouche jouer sur son corps. Passant d'un sein à l'autre, titillant ses tétons, les aspirant doucement, écoutant chaque son sortant de la gorge de celle dont il avait terriblement envie. Il quitta ses seins et fit descendre sa langue sur son ventre jusqu'à son nombril, il s'amusa à en faire le tour avec sa langue tout en lui caressant la cuisse de la main. Il reprit sa descente vers sa hanche droite, continua sur sa cuisse, sa jambe, son pied, joua avec ses orteils pour la faire rire et remonta tout doucement à l'intérieur de sa cuisse ce qui la fit tressaillir.

Vicky sentit son corps se tendre tout le long de sa remontée, elle replia ses jambes, remonta ses pieds au bord du lit et lorsque la langue d'Etienne arriva quasiment à son entre jambe, elle retint son souffle. Il lui écarta tendrement les jambes. Il la regarda, lui sourit et posa un baiser sur son bas ventre. Il fit descendre sa bouche doucement, il sentit qu'elle tremblait et voulut la rassurer, il passa sa main sur son mont de Vénus, elle frémit. Il écarta délicatement ses lèvres avec ses doigts et passa sa langue tout doucement en remontant. Elle frémit et laissa échapper un gémissement qui fit comprendre à Etienne qu'elle appréciait ce qu'il lui faisait. Il chercha avec sa langue son clitoris, il était gonflé de désir et il le trouva de suite, il le prit en bouche et l'aspira délicatement. Vicky sentit son corps se cambrer et elle se mordit les lèvres pour retenir ses gémissements.

Etienne continua de passer sa langue, puis doucement il vient poser un doigt sur son clitoris et fit des petits mouvements circulaires, lentement pour commencer, puis quand il sentit que Vicky était prête, il accéléra ses mouvements, très rapidement en alternant de temps en temps avec des coups de langue. Vicky n'en pouvait plus, elle sentait le plaisir en elle et le désir monter de plus en plus. Cette sensation elle le sentait quand elle se donnait du plaisir, seule dans son lit, mais pas si intensément. Elle retenait ses gémissements, son corps était si crispé qu'elle se tordait de plaisir, et Etienne essayait de la tenir. Plus il accélérait et plus elle se tortillait. Son souffle était de plus en plus court, mais elle aimait ça, elle lui demandait de continuer, de ne pas s'arrêter, et il s'exécutait. Et tout d'un coup elle ne put se retenir et elle laissa échapper un gémissement plus intense tout en resserrant ses jambes. Il venait de la faire jouir. Elle n'en revenait pas, c'était si bon ce qu'il venait de lui faire. Mais elle n'avait pas fini d'être surprise. Il la fit se reculer sur le lit, s'allongea sur elle. Elle écarta les jambes et Etienne put se glisser entre elles. Il tenait son sexe dans sa main et le dirigea délicatement vers l'entrée de l'antre d'amour de Vicky. Il le rentra doucement et comme Vicky était encore vierge, il donna un petit coup de rein plus intense pour rompre l'hymen. Il espérait juste que Vicky ne souffrirait pas trop à ce moment-là et qu'elle apprécierait la suite même si en général il savait que les premières fois n'étaient pas géniales. Mais il avait été si doux que Vicky n'avait pas eu trop mal et il continua doucement ses va et viens en embrassant cette femme qui le rendait heureux. D'elle-même elle remonta ses jambes autour de lui et croisa ses chevilles au-dessus de son dos pour qu'il puisse profiter pleinement de la position. Il lui demanda plusieurs fois si elle allait bien ou si elle aimait et son sourire et ses réponses le rassuraient.

Il était tellement bien avec elle. Il lui fit l'amour jusqu'à ce qu'ils jouissent tous les deux. Elle sentit une vague de chaleur l'envahir. Il resta en elle quelques instants, allongé sur elle pour reprendre son souffle, puis se retira délicatement. En se relevant légèrement il vit sur le drap un petit filet de sang, preuve de sa virginité. Il la regarda, lui sourit et vint s'allonger près d'elle, posa sa main sur son ventre, sa tête dans le creux de son cou et lui murmura qu'il était le plus heureux des hommes de 24 ans et qu'elle était son plus beau cadeau d'anniversaire.

Le lendemain matin, ils se réveillèrent dans les bras l'un de l'autre, heureux. Ils s'embrassèrent, refirent l'amour avant de se lever. Ils se préparèrent et descendirent déjeuner. Comme convenu, Cathy était partie. Elle n'avait pas beaucoup dormi, car elle les avait entendus jouir et avait compris ce qui se passait. Elle enrageait mais ne pouvait rien faire pour changer cela.

Cela faisait 3 mois que Vicky et Etienne étaient ensemble. Mais une mauvaise nouvelle arriva et les deux jeunes tourtereaux passèrent du rire aux larmes. Les parents d'Etienne allaient mieux et lui demandaient de rentrer. Il n'y avait pas d'autres alternatives, il devait reprendre ses études.

Il prépara ses affaires, les mit dans la voiture, prit Vicky dans ses bras et lui promit de vite revenir. Il revint souvent au manoir pour retrouver Vicky. Ils s'aimaient éperdument, mais les parents d'Etienne voyaient les choses autrement pour lui. Ils l'envoyèrent finir ses études aux États-Unis. Ils s'écrivirent souvent mais la flamme s'éteignait petit à petit avec la distance. Vicky savait qu'Etienne rencontrerait une autre femme et qu'il l'oublierait mais elle avait passé de tellement bons moments avec lui, il lui avait donné tout l'amour qu'il pouvait, c'était son premier petit ami et elle ne l'oublierait jamais. Et qui sait ce que l'avenir réserve ....

4 – Une surprise de taille

A deux pas de moi, les yeux écarquillés

Je te vois te vêtir d'une capeline encapuchonnée

Et sachant que dessous tu es dénudée

Est-ce pour m'exciter ou bien me torturer ?

Les mains menottées au-dessus de ma tête,

Je ne peux avec toi faire la fête,

Car je te vois prête à sortir ainsi vêtue

Et je n'arrive pas à comprendre ton esprit tordu.

Tu tends ta main vers la porte

Qu'est-ce donc que tu m'apportes ?

Mais c'est la jeune voisine que je vois rentrer

D'une même tenue que toi affublée !

Est-elle nue dessous elle aussi ?

Sans me parler elle me fait signe que oui.

Mais que font-elles toutes les deux ainsi ?

Ont-elles une idée, que fais-je donc ici ?

Que fais-tu donc à ma fiancée belle amandine

Pourquoi glisses-tu ta main sous sa capeline ?

Ma chère et tendre serais-tu lesbienne ?

Pourquoi ne pas me l'avouer quoi qu'il advienne.

Rapprochez-vous de moi mes belles ingénues

Détachez-moi les mains que je caresse vos seins nus.

Non ! Que faites-vous, laissez donc mon torse velu !

Ne jouez pas non plus avec mes tétons, jeunes farfelues.

Vous aimez donc les hommes, je ne comprends plus rien,

A quoi jouez-vous depuis ce matin ?

Il est bientôt midi il suffit maintenant,

Enlevez ces menottes que je vous punisse à présent.

Quoi ? Vous ne m'écoutez pas ?

Vous continuez quand même vos petits ébats.

Comment pouvez-vous vous touchez devant moi ainsi

N'avons vous donc pas de pitié pour un homme amoindri.

Jeune amandine de ton air effronté

Pourquoi prends-tu donc la tétée,

Sur le sein de ma promise tu t'acharnes

Elle semble apprécier, elle qui se décharne.

Enlevez donc vos capes vous serez plus à l'aise

Et au moins je verrais vos corps de braise.

Toutes deux ainsi nues vous êtes magnifiques

Ne voyez-vous pas que je deviens électrique.

De vous voir vous caresser, vous lécher

J'en suis vraiment tout excité.

Encore une fois, mesdames, je vous en pris

Détachez-moi les mains je vous en supplie.

Ma chérie que fais-tu sur le lit allongé

Pourquoi as-tu donc les jambes ainsi écartées.

Il faut que je regarde, amandine pousses-toi sur le côté

Quand de ta langue tu lèches ma dulcinée.

Je la vois se cambrer quand tu passes sur son bouton

J'aimerais être à ta place ou te le faire en amont

Je me mettrais derrière toi pendant que tu la lèches

Et grâce à moi tu ne serais plus sèche.

Offre-moi ton postérieur, rapproche-toi de moi

Et de ma langue experte je te mettrais en émoi

Vu que ma chérie apprécie tes gestes précis

Je te donnerais à ton tour un plaisir indécis.

Quelle belle vue tu m'offres en t'approchant ainsi

Merci douce amandine je vais te faire jouir c'est promis.

Et toi ma bien aimée, profite de ce qu'elle te fait

Je vois que tu aimes car tu gémis à souhait.

Amandine écarte bien les jambes s'il te plait

Ma langue passe dans ta fente, ça te plait je le sais.

Comment c'est déjà fini ? Ah non vous changez de position

Sur ma femme te voilà à califourchon.

Tu te frottes sur elle, vos minettes en contact

Vous voilà donc autodidacte

Quelle sensation intense apparemment ça vous procure

Vous gémissez si fort que bientôt je vous censure.

Bon sang mon ange, ton corps si tendu

Me donne l'impression d'être attendu.

Amandine Laisse-moi la place que je lui donne du plaisir

Et qu'elle puisse à présent mon sexe accueillir.

Comment tu ne le veux pas maintenant ?

Tu veux attendre encore quelques instants ?

Ce qu'elle te fait est-il si bon

Que tu en oublierais ton étalon ?

Belle amandine les seins pointus

Les mains de ma Juliette les ayant tenus

J'ai envie de les lécher

Et t'entendre toi aussi haleter.

Ma chérie laisse-moi encore la toucher

Cesse donc de soupirer.

Enfin vous jouissez

En osmose vous étiez.

A mon tour à présent je n'en peux plus

Faites-moi quelque chose, mettez-moi donc nu.

Vos langues sur mon torse

Qui descendent jusqu'à ma bosse

Quelle joie de les sentir

Je sens que vous allez aboutir.

Libérez donc mon sexe durci

Et prenez-le en bouche mes chéries.

Que c'est bon de sentir vos langues dessus

Vous le léchez si bien, le sucez à mon insu.

Encore mesdames, s'il vous plait n'arrêtez pas,

Vos mouvements me mettent dans un tel état.

Si l'une de vous le veux bien

A cheval sur mon sexe elle se maintient

Pendant qu'à l'autre désormais

Avec ma bouche son clitoris je lècherais.

Amandine enfourche-moi,

Au plus profond j'irais en toi

Quant à toi mon amour, écarte bien tes lèvres

Offre-moi ton bouton que je te donne la fièvre.

Vas-y amandine accélère

Tes gémissements les entendre j'espère

Déjà ceux de mon amour j'entends

Quand dans ma bouche son clitoris je prends.

Détache mes mains s'il te plait mon cœur

Qu'elles puissent enfin jouer en leur faveur.

Te faire jouir est mon but principal

Merci de t'être donner tant de mal.

Cette expérience à trois je n'aurais jamais imaginé

Que je puisse autant l'apprécier.

Tu m'as offert un bon cadeau

Amandine est un bien joli petit lot.

Sur mon sexe je l'entends gémir

Et bientôt je la ferais jouir.

A ton tour mon amour je te suce encore sans préavis

De ta bouche je veux entendre tes cris.

Accélère amandine, ne t'arrête pas

Ma semence vers toi est à deux pas.

Mes chéries, je le sens ça va surgir

Et je crois que ça y est, on est prêt à jouir.

Dans un dernier cri à l'unisson

Nous jouissons c'est vraiment trop bon.

5 – Un job en or

« Mais il est énorme…je n'ai jamais vu quelque chose de si gros…et je vais monter dessus… » se dit Clara en contemplant ce gigantesque paquebot.

Elle qui n'était monté qu'une fois sur un bateau et encore c'était une barque, commence à se demander si elle ne va pas être malade à bord de celui-ci.

Elle cherche la passerelle et monte sur ce mastodonte des mers. Elle demande à l'hôtesse où se trouve le responsable de l'animation et celle-ci lui indique un grand homme, brun, à l'intérieur du hall entouré de passagers.

Elle s'approche du petit groupe et attend patiemment que le responsable soit seul pour l'aborder. Lorsqu'il se retourne elle n'en revient pas.

- Alex, ce n'est pas possible

- Clara, ma douce Clara, ça fait combien de temps ?

- 15 ans déjà

- 15 ans ? le temps passe trop vite. Mais tu n'as pas changé, toujours aussi craquante.

- Merci, je te retourne le compliment. Et toi, toujours aussi coureur ? (Elle lui tire la langue avec un clin d'œil complice)

- Je me suis un peu assagi avec le temps (il lui fait aussi un clin d'œil)

15 ans, c'est bel et bien le nombre d'années qui les avaient séparées. Ils s'étaient rencontré dans un village vacances, elle était responsable de

club, il était responsable d'animation, donc son responsable. Mais ils avaient tout de suite sympathisé. Il était en couple mais elle ne travaillait pas avec lui alors il en profitait pour dragouiller et se faire draguer. Mais Clara ne voyait pas les choses comme lui alors il se calmait car il l'appréciait trop pour la blesser.

A l'époque il avait 27 ans, elle en avait 25. Il était grand, le teint halé, musclé, tous les muscles bien dessinés, même trop musclé car quand il vous prenait dans ses bras, vous ne sentiez que ses muscles. Un beau brun bronzé très convoité.

Elle était brune, les yeux noisettes, assez grande pour une femme et complexée par ses formes, car bien évidemment les autres avaient la taille mannequin et elle avait quelques petits bourrelets.

Mais contrairement aux autres animatrices, ses collègues, il ne s'était rien passé avec Alex, même si au fond d'elle, elle aurait bien aimé. Enfin il l'avait gardé comme amie, comme beaucoup d'homme l'avait fait avant lui, elle savait bien ce que cela voulait dire.

Et là, 15 ans après, elle se trouvait face à ce même homme, les tempes grisonnantes mais toujours aussi beau, aussi bronzé, aussi musclé quoiqu'avec des petites poignées d'amour toutes mignonnes, avec l'âge c'est bien normal, à 42 ans ça commence à se relâcher. Elle sourit et Alex se demande à quoi elle peut bien penser. Lui de son côté il se dit qu'elle n'a pas changer, toujours ses petites rondeurs mais alléchantes, et ses yeux si malicieux qui le faisait craquer secrètement à l'époque.

- Tu travailles ici ?

- Oui j'embarque à peine et je cherche le responsable d'animation mais je pense l'avoir trouvé !!

- Quelle joie, on va pouvoir reprendre où on s'était arrêté il y a 15 ans

- Euh oui (de quoi parle-t-il ? se demande elle)

- Je vais te présenter au commandant suis moi

Elle le suit et se rend compte qu'elle fixe le bas de son dos en se disant « quelles jolies fesses il a encore ».

Ils arrivent au poste de pilotage, plusieurs personnes s'y trouvent, donnent ou reçoivent des ordres. Des boutons, des câbles, tout autour d'elle l'effraient car elle a peur de faire une bêtise.

Elle reste les bras le long du corps, près de la porte et attend qu'Alex l'appelle ou revienne. Il s'approche d'elle suivi d'un homme, entre 45 et 50 ans, les cheveux poivre et sel (à la façon d'un célèbre acteur américain qui boit du café), des yeux bleus intenses, svelte et d'allure sportive.

Elle se sent rougir lorsqu'il lui tend la main pour la saluer. Elle se présente à lui en bafouillant légèrement ce qui fait sourire les deux hommes. Alex explique au commandant qu'il a déjà travaillé avec Clara, qu'elle est formidable, toujours là pour les autres et pour aider, un ange en quelque sorte.

Si elle avait pu trouver un trou pour s'y cacher elle l'aurait fait. Elle était tout simplement elle-même, pas un ange comme il vient de la dépeindre. Enfin ce n'est pas grave, elle sourit, gênée et demanda à Alex où étaient ses appartements.

Mince, ils savaient tous les deux qu'une nouvelle recrue arrivait mais avaient complètement oublié de lui trouver une chambre de libre. Alex la regarde, se mord la lèvre inférieure de peur qu'elle refuse la proposition qu'il va lui faire.

- Clara, nous avons un petit problème, nous attendions un homme et non une femme, la   direction nous a prévenu qu'une heure avant ton arrivée et avec les passagers qui embarquaient, nous avons complétement oublié ton arrivée. Du coup j'ai une proposition à te faire, car il n'y a plus de chambre de libre. Acceptes-tu de partager ma cabine ? on a déjà dormi dans la même chambre à l'époque et tout c'était bien passé.

- S'il n'y a pas d'autres solutions, je ne vois pas d'inconvénients, mais il y aura quelques règles quand même.

- Lesquelles ?

- Premièrement quand tu voudras coucher avec une femme, ça sera dans sa cabine pas la   nôtre. Deuxièmement, pour la douche on se donne un code pour rentrer. Troisièmement, je n'en vois pas pour le moment mais je le garde en réserve (elle éclate de rire)

- Ok pour tout on s'arrangera au fur et à mesure. Bienvenue à bord ma p'tite chérie (elle se rappelle qu'il l'appelait souvent comme ça quand ils se sont connus, ça fait remonter les souvenirs tout ça)

- Merci, j'espère que tout ira bien. J'ai surtout peur d'avoir le mal de mer.

- Ne t'inquiète pas il existe des remèdes au cas où.

Le commandant lui souhaite également la bienvenue, et la regarde s'éloigner avec Alex. Il se sent bizarre et se demande ce qui lui arrive. Il n'avait jamais ressenti cela avant. Son cœur s'emballe et il ne peut s'empêcher de la suivre du regard jusqu'à ce qu'elle descende les escaliers.

Elle sent qu'on la regarde et elle se retourne. Elle voit le commandant qui l'observe et tout en rougissant elle baisse la tête et descend les escaliers en manquant trébucher. Pourquoi la dévisage-t-il ainsi ? Sera-t-il satisfait de son travail ? Elle commence à se poser des milliers de questions. Elle qui manque assez souvent d'assurance se demande si tout va bien se passer sur ce bateau, surtout quand il sera en pleine mer.

Alex lui montre leur cabine, une pièce avec 2 lits chacun le long du mur de droite et de gauche, une armoire de chaque côté de la pièce et une petite salle de bain avec un lavabo et une douche. De toute façon ce n'est que pour se laver et dormir, le reste du temps elle travaille elle n'aura pas beaucoup de temps à passer dans sa chambre.

Une réunion...maintenant ? Alex vient de lui annoncer que pour son arrivée il avait prévu une réunion avec ses collègues pour la présenter et lui expliquer le fonctionnement du paquebot. Elle qui espérait ranger ses affaires tranquillement et visiter le bateau, seule, s'était raté.

Elle le suit au niveau des clubs enfants et de la salle de réunion. Tous les animateurs et quelques autres employés sont déjà installés. Alex lui prend la main pour l'amener sur l'estrade face à tout le monde et ils regardent tous Clara, le visage empourpré lorsqu'elle se rend compte qu'ils regardent tous sa main dans celle d'Alex. Certains se mettent à chuchoter entre eux et elle se sent vraiment très mal à l'aise mais lorsqu'elle essaye de retirer sa main de celle d'Alex, celui-ci resserre la pression de ses doigts sur les siens.

Il la présente aux autres, leur explique qu'ils se connaissent depuis très longtemps mais s'étaient perdus de vue, qu'il est content qu'elle soit là car elle était ultra polyvalente à l'époque et qu'elle pourrait les aider si besoin.

Il finit la réunion et emmène Clara visiter le navire, étage par étage, il l'entraine avec lui dans les ascenseurs, les escaliers. Clara est épuisée mais elle le suit avec le sourire. Lorsqu'ils arrivent vers la cabine du commandant, celui-ci arrive pour se changer pour le repas. Il croise le regard de

Clara et sent son cœur battre la chamade. Il ne comprenait pas, lui qui n'aime que les femmes grandes et élancées, il était attiré par cette femme et ses rondeurs. Elle le faisait chavirer avec son regard et son sourire. Tout en elle lui plaisait alors qu'il ne la connaissait même pas. Que lui arrivait-il ?

Il décide d'inviter Clara à sa table ce soir et lui demande si elle a une robe adéquate. Elle acquiesce et se tourne vers Alex qui se racle la gorge pour marquer sa désapprobation.

- Tu es sûr que c'est un bon choix Antoine ?

- Pourquoi ne le serait-ce pas ?

- Vis-à-vis des autres, ils n'ont jamais été invité à ta table il me semble.

- Je décide encore sur mon bateau qui vient ou non à ma table. Je n'ai jamais dit qu'aucun autre ne viendrait après. J'instaurerais ça à l'avenir, chaque soir un des employés dinera à ma table avec les passagers.

- Comme tu veux Antoine, je ne voudrais pas qu'il y ait de la jalousie envers Clara à cause de ça.

- Je comprends Alex et je te laisse annoncer aux autres ce que je viens de décider. Je t'en remercie par avance.

- Pas de problème ça sera fait. Clara ça te convient pour ce soir où tu préfères te reposer et que je demande à quelqu'un de te remplacer ?

- Non merci Alex, ça ira très bien pour ce soir. Et en réponse à votre question commandant, oui j'ai une robe adéquate.

- Alors très bien, je vous laisse vous préparer et vous attendrais à l'entrée du restaurant à 19h. Soyez à l'heure s'il vous plait

- 19h j'y serais. Je vous prie tous les deux de m'excuser je vais aller me préparer.

Ils lui sourient tous les deux et la regardent s'éloigner. Sans le savoir, tous les deux se disent qu'elle est à croquer, que ses courbes arrondies lui vont à ravir et qu'ils rêvent de la serrer dans leur bras. Mais c'est un secret qu'ils gardent au fond d'eux, aucun des deux n'en parle à l'autre.

19 heures… Clara arrive dans le hall et aperçoit près de la porte du restaurant le commandant tout de noir et blanc vêtu. Habillé d'un pantalon noir et d'un spencer blanc, sa casquette sous son bras il attend la nouvelle recrue avec impatience. Lorsqu'elle arrive face à lui son cœur s'emballe. « Elle est magnifique » se dit-il en la regardant.

Il est vrai qu'elle est splendide dans sa robe de soirée noire. Comme elle est grande ça lui allonge la silhouette encore plus. Sa robe fourreau satinée ornée de strass autour d'un décolleté plongeant la rend très sexy au yeux d'Antoine et de bien d'autres passagers masculins par ailleurs. Ses épaules dénudées, sa robe fendue sur le côté laissant apparaitre sa longue jambe, les bretelles croisées dans son dos laissant voir sa peau font craquer encore plus Antoine lorsqu'il l'invite à rentrer et en profite pour poser ses doigts sur son omoplate dénudée. Son geste la fait frissonner ce qu'il ressent instantanément et le fait sourire.

Il l'accompagne jusqu'à sa table où l'attendent déjà quelques passagers invités à partager leur repas avec lui. Lorsqu'elle arrive à sa place, il la présente, elle salue tout le monde poliment et en sentant certains regards intenses sur elle, elle baisse la tête et attend que le commandant les invite à s'assoir.

Le repas se passe agréablement bien. Deux vieilles dames lui souriaient souvent car elles s'imaginaient qu'elle était en couple avec le commandant et bien qu'ils leur avaient certifiés qu'il en était nullement le cas, elles n'arrivaient pas à les croire et pensaient qu'ils se cachaient vis-à-vis des autres. Ça la mettait mal à l'aise mais en même temps elle appréciait cette situation. Il lui plait beaucoup Antoine et il parle tellement bien, sachant trouver les bons mots pour les bonnes personnes. Elle l'admire en silence et il sent son regard sur lui. Il tourne la tête vers elle et lui sourit. Il lui attrape la main sous la table, et lui fait un signe de tête pour lui demander si tout va bien. Elle lui répond par un signe de tête à son tour et un sourire, ce qui l'enchante.

Alex arrive à la porte du restaurant, cherche du regard la table du commandant et aperçoit Clara dans sa robe noire. Il n'en revient pas de sa beauté. Elle est resplendissante, maquillée juste ce qu'il faut pour lui illuminer le visage. Il se demande pourquoi il ne lui avait pas avoué ses sentiments il y a 15 ans avant qu'ils ne se quittent et ne se revoient plus. Il était prêt à quitter sa copine pour elle si elle avait voulu de lui. Mais il n'avait pas osé et l'avait longtemps regretté. Et là, elle était près de lui, il serait souvent ensemble vu qu'ils partageaient la même cabine. Mais il sent qu'elle lui échappe quand il voit Antoine la regarder et qu'elle soutient son regard. C'est comme si plus rien n'existait autour d'eux.

Alex ne se démonte pas et les interrompt. Il annonce à Antoine qu'il a prévenu, comme convenus, les employés pour les autres soirs. Et il demande à Clara si elle accepte de lui accorder une danse. Le bal venait de commencer et déjà quelques couples se formaient sur la piste.

Elle accepte et se lève pour le suivre. Tous les regards se tournent vers elle quand elle arrive sur la piste. Sa silhouette longiligne dans cette robe noire lui masque ses rondeurs, ses escarpins à talons hauts lui permettent d'être à la hauteur d'Alex. Il lui attrape la taille et la serre contre lui. Elle sent son souffle dans son cou et ça la fait frémir. Alex lui demande alors, tout en connaissant la réponse, si elle a froid. Elle lui sourit sachant que cette question était ironique.

Antoine est aigri au fond de lui de la voir dans les bras d'un autre. Il ne la lâche pas du regard, la contemple et se demande ce que recherche Alex exactement. Ressent-il lui aussi quelque chose pour elle ou veut-il le rendre jaloux ?

Qu'elle est belle à ses yeux, rien à voir avec ses autres conquêtes, tout le contraire même, mais depuis qu'Alex les avait présentés l'un à l'autre, il ne pensait qu'à elle. Et là, il la dévore du regard. Clara le sent, regarde dans sa direction et lui sourit, mais mal à l'aise malgré tout elle enfoui son visage dans le creux de l'épaule d'Alex, qui soupire de satisfaction.

Antoine sent la jalousie monter en lui mais il se contient, les deux vieilles dames les observent et gloussent en voyant la scène. Elles comprennent qu'il y a quelques choses qui se passe et attise sa jalousie.

- Mariette, tu ne trouves pas qu'ils forment un beau couple ces deux-là ?

- La jeune Clara et le commandant ?

- Non Clara et Alex l'animateur

- Ah celui avec qui elle danse !!! oui il est vrai qu'ils sont mignons tous les deux (et elle lance un regard à son amie pour lui montrer la tête du commandant qui pince les lèvres pour contenir sa colère)

- Je sens qu'elle va faire chavirer plus d'un cœur ce soir (elle se met à pouffer de rire ce qui énerve encore plus Antoine)

- Jacqueline tu es une diablesse, tu ne vois pas que le commandant enrage (elle sourit et lance un clin d'œil à Antoine)

- Moi, dit-il, pas du tout, c'est juste qu'il est tard et que demain elle aura du mal à être à l'heure à son poste si elle danse toute la nuit.

- Ben voyons commandant, vous ne nous la ferez pas celle-là, ça ne sert à rien de se mentir, elle vous plait ça se voit comme le nez au milieu de la figure et ça vous irrite de la voir dans les bras de cet homme. Qu'attendez-vous pour aller l'inviter à danser à votre tour ?

- Mais…euh… enfin… pourquoi pas, j'ai envie de me dégourdir les jambes un petit peu. Mesdames…

- Faites commandant, faites (elles se prirent les mains, et rirent, complices et contentes de leur intervention)

Elles trouvaient qu'ils pourraient être heureux ensemble, elles le sentaient au fond d'elles, alors pourquoi ne pas donner un petit coup de pouce à cette idylle.

Il s'approche du couple et demande à Alex de bien vouloir lui laisser sa cavalière à son tour. Alex bougonne mais comme Clara le lâche pour prendre la main tendue d'Antoine, il se voit contraint de laisser sa place. Il s'éloigne mais n'a pas le temps d'aller trop loin car une jeune femme, métisse l'entraine à nouveau sur la piste et se blottit dans ses bras.

Clara étonnée les regarde et Antoine lui explique qu'il s'agit de Clémence, la barmaid et que ça fait 3 jours qu'ils sont ensemble. Elle regarde Alex d'un regard interrogateur et il hausse les épaules sans savoir quoi faire. Elle se sert contre Antoine et celui-ci resserre son étreinte pour lui faire comprendre qu'il se sent bien à ce moment précis. Il se regarde un instant. Il suit tous les traits de son visage avec ses doigts, et se rend compte qu'elle a un joli petit grain de beauté au-dessus de la lèvre, que sa bouche est divinement dessinée, pas besoin de maquillage pour la rendre pulpeuse, elle l'est à souhait. Il donnerait n'importe quoi à l'instant pour y poser ses lèvres. Mais il la connait à peine, même pas eu le temps de faire vraiment connaissance, que lui arrive-t-il ? est cela le coup de foudre ?

Il la serre contre lui, une main dans le bas de son dos, l'autre dans son cou, à la naissance de ses cheveux courts. Ah oui tient elle a les cheveux courts lui qui n'aiment que les femmes féminines avec de beaux cheveux longs, là elle les a très courts à l'arrière, remontés vers le haut comme si elle avait voulu faire des piques, ébouriffés (façon « fofolle » comme elle aime le dire), la mèche, longue sur le côté gauche qui passe à raz de l'œil et qui cache son oreille, tandis que de l'autre côté une fine mèche descend le long de sa joue, ce qui affine son visage. Non pas qu'elle soit très jouf-flue, mais elle a les pommettes saillantes ce qui fait ressortir ses joues, ce qu'elle déteste chez elle entre autre.

Elle se laisse aller et pose son visage sur la poitrine d'Antoine, car mal-gré ses hauts talons et son 1m75, il la dépasse d'au moins une tête. Elle sent son cœur battre si vite qu'elle se demande si c'est le sien ou celui d'Antoine qu'elle entend. Elle a l'impression qu'ils battent à l'unisson mais si vite et si fort, comme si ils voulaient sortir de leur poitrine respective pour se rejoindre. Elle n'avait jamais ressenti ça avec quelqu'un d'autre, et pendant que Clara se fait cette réflexion, Antoine se fait la même car il ressent exactement ce qu'elle ressent, sans se parler, sans se regarder, juste en sentant leurs cœurs battre. Ils comprennent à ce moment-là, qu'ils sont en train de tomber amoureux sans vraiment savoir ce que l'autre ressent vraiment.

A la fin de cette danse, elle lui demande si ça le dérange si elle sort prendre l'air et il lui propose de l'accompagner, ce qu'elle accepte en lui souriant. Ils se dirigent vers le hall, et Antoine pose sa main sur sa taille et la sert contre lui en marchant vers l'avant du pont. Pour ne pas montrer que ça la perturbe, elle lui pose des questions concernant le paquebot.

Il commence à lui énumérer tout ce qu'il faut savoir sur le bateau : 362 mètres de long, 66 m de large et 72 m de haut, 18 ponts, 30 bars et res-taurants, des m2 de moquette, des pièces d'arts, 2 300 tonnes d'eau dans les piscines...et bien d'autres chiffres à lui faire tourner la tête. Sans oublier que le navire dispose d'une capacité de 5400 passagers et 2165 membres d'équipage. Elle se dit que si elle connaissait déjà un quart du personnel ça serait déjà bien.

Ils arrivent au bout du pont, profitent de l'air marin. Antoine en profite pour jeter un œil en levant la tête vers le poste de pilotage et voit que son second gère la navigation correctement. Ils restent ainsi un long moment à discuter de tout et de rien, à rire quand l'un ou l'autre raconte une anecdote croustillante et ils ne voient pas le temps passé.

Au bout de presque deux heures, Clara se sent fatiguée et demande au commandant si il accepte de la raccompagner à sa cabine, il s'exécute et malgré l'envie de rester avec elle, il la raccompagne tout en continuant de discuter.

Arrivés devant la cabine où se trouve déjà Alex, il approche sa tête de la sienne. Elle sent son souffle chaud sur son visage, ferme les yeux et frémit lorsqu'il pose ses lèvres sur sa joue pour y déposer un tendre baiser. Elle sourit et lui souhaite une bonne nuit avant de rentrer se coucher.

Alex est là étendu sur son lit, sous le drap car il dort nu et il lui demande où elle était. Elle est surprise par le ton avec lequel il lui parle. Elle ne comprend pas ce qui lui arrive, on dirait un homme jaloux alors qu'il n'y a rien entre eux. Elle va se changer dans la salle de bain puis vient se coucher. Alex attend toujours une réponse mais elle se tourne et s'endort immédiatement en espérant que ses rêves seront aussi beaux que cette soirée.

Pendant plusieurs soirées, Antoine quitte sa table à la fin du repas pour rejoindre Clara sur le pont et passer du temps avec elle. Il a envie de tout savoir sur sa vie, sa famille, ce qu'elle aime, ce qu'elle déteste et elle en demande tout autant sur lui. Ils aiment être ensemble, dès qu'ils le peuvent ils se retrouvent. Et ce soir-là il la prend dans ses bras, la serre contre lui en posant son menton sur sa tête posée sur son torse. Elle se serre contre lui, entoure sa taille avec ses bras et reste là, sa tête sur sa poitrine, tous deux sans dire un mot et profitent de cet instant comme figé dans le temps. Ils se sentent merveilleusement bien jusqu'au moment où Alex les voyant ainsi, s'approche d'eux pour les séparer.

Cela fait plusieurs jours qu'il essaye de faire comprendre à Clara qu'il veut être avec elle, mais Clara faisait semblant de ne rien voir. Elle s'était même réveillé une nuit en l'entendant gémir et dire son prénom, et quand elle avait ouvert les yeux, il était sur son lit, les draps repoussés vers le pied du lit, nu, le sexe en érection. Il se donnait du plaisir en pensant à elle. Au premier abord ça l'avait choqué, mais en même temps ça lui avait quelque chose de se dire qu'elle pouvait lui plaire après tout ce temps. Elle l'avait regardé faire sans rien dire et elle avait senti sa petite culotte devenir humide. Puis s'était endormie en pensant à Antoine et en s'imaginant dans ses bras.

Mais ce soir-là, Alex semble énervé quand il s'adresse à Clara. Il lui rappelle que le lendemain elle doit prendre la navette qui emmène les passagers sur la terre ferme pour acheter ce qui lui manque pour le club, donc il serait temps qu'elle aille se coucher. Antoine n'aime pas trop les propos et le ton d'Alex et il le lui fait comprendre. Et pour éviter les accrochages entre les deux hommes, Clara leur souhaite une bonne nuit, leur fait une bise sur la joue et va vers sa cabine.

7 heure...Le lendemain, prête aux aurores, sans réveiller Alex, elle se lève et se prépare pour être à l'heure.

9 heure...Elle prend la navette pour la ville de La Spezia, sa première escale en Italie au milieu des autres passagers. Une fois en mer, un homme d'une grande stature, vêtu d'un jean bleu serré, d'un polo noir,

d'une casquette vissée sur la tête lui cachant le visage avec l'ombre de la visière, s'approche du bastingage juste à côté d'elle.

- Bonjour Clara, avez-vous bien dormi ?

- Euh...oui merci

- Je vous trouve radieuse aujourd'hui et j'adore quand vous rougissez.

- Je n'aime pas trop que l'on me mette mal à l'aise (elle lui sourit)

- Ce n'est pas ce que je cherchais à faire, je ne suis pas avare de compliments tout simplement, surtout quand il s'agit de vous.

- Nous nous connaissons ?

- Oui !

Il se redresse, relève sa casquette, lui sourit et lorsque le soleil illumine son visage, elle sourit à son tour en voyant que c'est Antoine qui se tient devant elle.

Elle est adossée au fond du bateau, comme si elle était assise sur une caisse invisible, les jambes tendues devant elle pour maintenir son équilibre. La mer est un peu houleuse ce matin et elle ne préfère pas regarder les vagues que fait le bateau de peur d'être malade.

Antoine s'approche d'elle, met ses jambes de chaque côté des siennes, la prend dans ses bras et la serre contre lui. Elle est si bien dans ses bras qu'elle se laisse aller. Elle relève sa tête vers la sienne, lui sourit et soupire de bien-être.

C'est alors qu'Antoine prend cela pour une invitation, approche son visage du sien, sourit et pose délicatement ses lèvres sur les siennes.

Clara écarquille les yeux de surprise, mais quelques secondes plus tard, elle entrouvre sa bouche pour que leurs langues se rejoignent et se caresse langoureusement.

Ils se sentent seuls au monde et si heureux, que même les ricanements des deux vieilles dames de son premier repas à bord du paquebot, ne les dérangent pas.

Enfin réunis, enfin ensemble se disent-ils, silencieux, les yeux dans les yeux, un sourire béat sur leurs lèvres qui ne demandent qu'à se toucher encore. Ils restent ainsi pendant la durée du voyage, environ une vingtaine de minutes, tantôt s'embrassant, tantôt se cajolant.

Lorsque la navette accoste, ils laissent les passagers débarquer et les suivent main dans la main. Une fois sur le quai, il lui demande ce qu'elle veut faire. Elle lui explique qu'elle doit aller chercher ce qui lui manque pour le club et qu'après elle est libre jusqu'au retour.

Ils vont donc ensemble faire les emplettes de Clara et se balladent ensuite dans la ville pour visiter. Antoine lui explique tout de la ville, des monuments, des lieux qu'ils visitent. Elle le dévore des yeux et après chaque explication, pour le taquiner, elle l'applaudit.

Il fait semblant de faire la moue, d'être agacer et tente de l'attraper mais elle lui échappe des mains et se met à courir en riant aux éclats, lui à ses trousses riant de tout son saoul également. A chaque fois qu'il pense l'attraper, elle accélère, se contorsionne pour l'éviter jusqu'à ce qu'elle n'en puisse plus, qu'un point de côté la fasse ralentir et qu'il l'attire à lui en la prenant par la taille. Il la serre contre lui, passe sa main gauche dans ses reins, sa main droite sur sa nuque, et l'embrasse tendrement.

Il est plus de midi, elle commence à avoir faim et son ventre gargouille. Antoine l'entend, éclate de rire, lui prend la main et l'emmène dans un des restaurant qu'il adore quand il fait escale ici. Le problème c'est que le menu est en italien et qu'elle ne connait ni la langue, ni les plats. Antoine lui demande s'il peut commander pour elle, elle accepte et il s'empresse de commander divers plats. En entendant les noms, qui pour elle ressemblent aux chansons des chanteurs italiens qu'elle entend à la radio mais dont elle ne comprend rien, elle se retient de pouffer, ravale son rire et regarde Antoine les yeux pétillants quand il lui demande si elle a confiance en lui. Elle acquiesce de la tête et il lui sourit.

Le serveur arrive et leur amène les hors d'œuvre, puis chacun des plats en énumérant leurs intitulés qu'Antoine s'empresse de traduire pour sa douce.

- Totanetti nostrani, prosciutto crudo di Parma, funghi cotti e crudi

- Petits calmars, jambon cru de Parme, champignons cuits et crus

Le premier plat arrive.

- Taglioni, gamberi rossi di Sicilia crudi o cotti, tartufo nero

- Taglioni (sorte de tagliatelles), crevettes siciliennes rouges crues ou cuites, et truffe noire

Clara lui avoue qu'elle ne savait pas si elle aimerait ses choix, mais pour le moment tout est parfait. Elle est admirative de son accent italien, elle qui ne parle que l'anglais et encore elle n'ose pas trop de peur de faire une erreur (son manque de confiance en elle l'a toujours desservie quand elle doit faire quelque chose, elle s'en veut d'ailleurs car elle sait qu'elle fait bien).

Le serveur leur amène le deuxième plat.

- Il piccione : petto arrosto con tartare di scampi e salsa al fegato grasso, polpette glassate con le cosce e i suoi fegatini

- Pigeon : Poitrine rôti avec sauce au foie gras et son tartare de langoustines, boulettes de viande avec ses cuisses et son foie de poulet.

Clara se délecte à l'avance de ce plat car l'intitulé lui évoque beaucoup de saveur et elle ne se trompe pas, elle savoure chaque bouchée et Antoine est ravi de ses choix. Le serveur vient leur demander s'ils veulent un dessert et Clara répond à Antoine que le seul dessert qu'elle veut c'est le gout de ses lèvres.

Antoine lui fait un clin d'œil complice, commande son dessert, se lève légèrement de sa chaise et approche sa tête de celle de Clara pour venir attraper ses lèvres pour un tendre baiser. Elle est aux anges car cet homme comprend ses attentes et c'est bien la première fois que ça arrive.

Le serveur arrive avec le dessert qu'a choisi Antoine pour eux deux.

- Cremoso al cioccolato bianco e frutto della passione

- Crème au chocolat blanc et fruit de la passion... Et mon fruit de la passion à présent c'est toi mon cœur !

Clara rougit mais sourit tendrement car dans sa bouche ses mots sonnent tellement vrai qu'elle se sent sur un nuage.

Après le repas, ils sortent et regardent le ciel qui est devenu si noir d'un coup. Une tempête approche. Il faut aller vers la navette voir si elle va naviguer malgré les nuages. Arrivé au port, sur le quai, Matteo le capitaine leur fait signe, leur explique qu'une grosse tempête approche et qu'il ne prendra pas la mer, il a déjà prévenu les autres passagers pour qu'ils puissent trouver un hôtel pour la nuit. Chose qu'Antoine et Clara s'empresse de faire après qu'il ait prévenu son second du fait qu'ils étaient bloqués à terre et non sans lui donner quelques recommandations pour la nuit.

Juste au moment où il raccroche, une grosse pluie se met à tomber et les trempe jusqu'aux os. Ils trouvent donc un hôtel et le directeur leur signale qu'il ne reste qu'une chambre double. Ils prennent la clé et monte dans leur chambre. Là, Antoine propose à Clara d'aller faire une douche pour se réchauffer, la voyant tremblotant, les vêtements mouillés. Elle ne se fait pas prier et rentre dans la salle de bain. Une immense douche italienne l'attend, elle fait couler l'eau pour qu'elle soit à température et se glisse dessous, faisant couler l'eau sur son corps gelé.

Elle regarde le mur marbré pendant qu'elle se douche et n'entend pas la porte s'ouvrir. Antoine s'approche de la douche, se déshabille et se poste derrière Clara. Lorsqu'elle se retourne, elle tombe nez à nez avec lui, nu comme un ver et sursaute tant la surprise de le voir ici est grande.

Il s'approche d'elle, la prend dans ses bras, l'eau ruisselant sur leurs deux corps. Elle écarquille les yeux et sourit lorsqu'elle sent vers son entre-jambe, le sexe de son amant en érection (elle lui faisait donc tant d'effet malgré ses bourrelets ? se dit elle). A croire qu'il avait lu dans ses pensées, il lui murmure à l'oreille qu'il se fiche de son physique il la veut telle qu'elle est. Elle frémit suite à ses mots et comprend qu'il a envie de lui faire l'amour.

Il prend sa tête entre ses mains, approche ses lèvres des siennes et l'embrasse le plus langoureusement qu'il peut, sa langue cherchant la sienne pour plus de sensualité et lorsqu'il la trouve, elles s'entremêlent pour un plus grand désir. Clara en a la tête qui tourne et se recule tout en serrant le corps de cet homme magnifique dans ses bras. Elle laisse vagabonder le bout de ses doigts le long de son dos et le sent frissonner, ce qui lui donne l'envie de continuer et arrivant en bas de son dos, descend ses mains pour caresser son fessier si musclé.

Il lui sourit puis l'embrasse tendrement dans le cou, tout en passant le bout de ses doigts sur le bout de ses seins tendus. Il entend un léger gémissement dans la gorge de sa dulcinée et comprend qu'elle a autant envie que lui d'aller plus loin.

Tout en laissant couler l'eau sur eux, il la plaque le long du mur, lui attrape les poignets et les relève au-dessus de sa tête. Le souffle coupé par la surprise, elle se laisse faire lorsqu'elle sent la langue d'Antoine parcourir son cou, sa poitrine et lorsqu'elle s'enroule autour du bout de ses seins chacun à leur tour. Il lui met les mains sur la barre qui tient le pommeau de douche et elle comprend qu'il lui demande de la tenir pendant que de ses mains il caresse son corps tremblotant non par le froid mais par le désir qu'il lui provoque. Ses mains caressent chaque parcelle de son corps et elle se mord la lèvre inférieure lorsqu'elle sent sa main approcher de son bas ventre, sa bouche suit le même chemin que sa main et l'embrasse tout le long de son corps, il descend vers l'intérieur de sa cuisse gauche et sa bouche vient embrasser son mont de venus.

Elle sent ses jambes flanchées sous elle mais se redresse lorsqu'il entreprend de passer sa langue sur le haut de sa fente. Il lui fait écarter les jambes et elle s'exécute. Il en profite pour poser sa main gauche sur son sein droit pour le titiller et sa main droite sur ses fesses pour les palper, pendant qu'il commence à passer sa langue tout le long de son antre d'amour et essaye d'atteindre son clitoris. Il le touche du bout de la langue ce qui fait tressaillir Clara qui n'en revient pas de la dextérité de cet homme avec sa langue. D'habitude les autres sont obligés d'utiliser leurs doigts pour écarter ses lèvres et atteindre son bijou qui est en profondeur par rapport à certaines mais là juste avec la langue il a réussi à le toucher.

Il bouge sa tête de droite et de gauche et arrive à passer sa bouche dans la fente pour qu'elle puisse attraper son bouton de rose. De là, il l'aspire, le suce, secoue la tête, le clitoris coincé entre ses lèvres et Clara qui halète de plaisir ce qui lui fait accélérer le mouvement.

Il lâche son emprise sur son sein et descend sa main près de l'autre sur ses fesses qu'il malaxe, les écarte et passe son index sur son anus. Clara sursaute, elle ne s'attendait pas à ça. Il continue en tournant autour de son petit trou puis rentre doucement le bout de son doigt. Quand elle manque s'étrangler de surprise, il lève les yeux vers elle et l'interroge du regard, et comme elle lui sourit il comprend que tout va bien et qu'il peut continuer.

Il enfonce un peu plus son doigt, et déplace son autre main. Il vient titiller son clitoris avec son pouce, appuyant légèrement en tournant. Il retire d'un coup son doigt qui était dans son petit trou et elle laisse échapper un cri de plaisir. Il descend sa main tout en lui caressant doucement sa fesse et caresse du bout des doigts sa fente, rentre un doigt dans son vagin, puis sentant qu'elle est proche de jouir, fait des va et vient rapides en rentrant un deuxième doigts toujours en jouant avec son pouce sur son clitoris.

Les jambes tremblantes, le souffle coupé, Clara se laisse aller au plaisir et sa jouissance ravit Antoine qui retire ses doigts, se relève et la prend dans ses bras, nue et trempée pour l'emmener dans la chambre. Il la dépose sur le lit et lui demande si elle veut bien se mettre en levrette. Elle s'exécute et se met donc à genoux sur le lit, les fesses en l'air, les bras pliés sur la couette et la tête entre les bras.

Antoine se positionne derrière elle, le sexe en avant, il l'observe pour voir si il est assez dur et pour être sûr, se masturbe quelques secondes. Il s'avance vers la croupe de sa belle, écarte ses fesses et rentre son sexe dans son vagin, ce qui lui arrache un petit cri qui l'excite.

Il accélère le mouvement, haletant tous les deux. Il lui titille à nouveau son anus en y rentrant par moment le doigt, ce qu'elle semble apprécier. Il lui demande si elle est prête à découvrir de nouvelles sensations.

Elle tourne sa tête vers lui surprise, interrogative et il lui demande si elle lui fait confiance et si elle est prête à essayer une chose qu'il pense qu'elle n'a jamais dû faire. Mais il lui fait comprendre que si elle ne veut pas ça n'est pas grave, il la comprend.

Elle veut bien essayer mais se laisse le droit d'arrêter à tout moment si ça ne lui convient pas. Il lui sourit, retire son sexe de son vagin et le présente devant son anus. Il commence par le passer dessus, puis essaye de rentrer le bout doucement, mais le trou de Clara est très resserré et il ne veut surtout pas lui faire du mal. Alors pendant qu'il essaye de rentrer, il se penche sur elle pour venir caresser son clitoris pour qu'elle se dilate un peu.

Chose qui fonctionne car le plaisir qu'il lui donne la fait se relâcher et il rentre enfin son sexe. Il le rentre de plus en plus, doucement, et elle ne sait pas comment expliquer ce qu'elle ressent, à la fois plaisir et gêne, mais elle le laisse continuer.

Il le ressort d'un coup et elle lâche un cri de plaisir et lui demande de recommencer. Il rentre donc à nouveau, un peu plus loin que la première fois et à nouveau ressort d'un coup, et là encore elle lâche un petit cri. Elle aime ce qu'elle ressent, il recommence ainsi plusieurs fois, puis reste à l'intérieur car il sent que sa semence va bientôt venir, il gémit à chaque coup de rein qu'il donne, il se mord les lèvres.

Il entend sa chérie gémir autant que lui, il est ravi qu'elle apprécie et qu'elle ne lui ai pas demandé d'arrêter et renforce ses coup de reins car ça monte de plus en plus. Il lui caresse tellement vite son clitoris que Clara a déjà jouit 2 fois et elle est prête à le faire à nouveau, et lorsqu'elle se met à lâcher ses cris, il jouit en même temps qu'elle, de gros râles sortant de sa gorge, ne pouvant les retenir. Ils jouissent à l'unisson pour la première fois et ça ne lui était jamais arrivé avec ses autres conquêtes.

Ils se retire délicatement, Clara lâche un dernier gémissement qui les fait sourire. Elle se met sur le ventre les jambes allongées, tremblantes et contractées par la position mais elle se sent tellement bien qu'elle se fiche de savoir si elle a mal ou pas. Elle n'aurait jamais pensé qu'elle aimerait la sodomie car c'est bien ainsi que cela s'appelle.

Ils restent plusieurs minutes ainsi, lui sur le dos, elle sur le ventre, sans dire un mot, le sourire aux lèvres. Au bout d'un moment, Clara se retourne et se rapproche d'Antoine. Elle pose sa tête sur son torse imberbe où machinalement elle joue à faire glisser ses doigts.

Ils s'endorment ainsi au bout d'une vingtaine de minutes mais se réveillent plusieurs fois à cause de l'orage qui gronde encore et grondera jusqu'à l'aube et nos deux amoureux en profitent pour faire l'amour à chaque réveil.

Au petit matin, les yeux gonflés par la fatigue, ils se douchent et se préparent pour rejoindre les autres passagers sur la navette, le temps étant plus clément avec une belle éclaircie. Mattéo leur sourit et leur fait un clin d'œil voyant les cernes sous leurs yeux et leur sourire béats, et les deux dames âgées, se regardant avec un air complice, sourient et leur lancent : « On en connait deux qui ont été très dérangés par l'orage cette nuit, vu leurs têtes, il a dû gronder bien fort au-dessus de leur chambre ! »

Antoine leur sourit en les voyant éclater de rire, tandis que Clara tente de faire disparaitre la gêne et la rougeur de ses joues. Antoine le voit et pour l'aider, la prend dans ses bras et l'embrasse tendrement pour cacher son visage.

Pendant la traversée, ils en profitent pour discuter et décident d'un commun accord de ne pas s'afficher devant les autres pour ne pas engendrer de jalousies inutiles. Mais ils se verraient le soir comme d'habitude sur le pont pour ne pas éveiller les soupçons et se retrouveraient dans le chambre d'Antoine quand personne ne serait dans les couloirs et quand il serait de repos. Ils savaient tous les deux que ça serait difficile de dormir ensemble et de se cacher mais c'était mieux ainsi.

Arrivés à bord du paquebot, ils se séparent, Clara ramène ses achats au club enfant et Antoine va aux nouvelles vers son second. Juste avant de se quitter, ils trouvent un endroit discret pour unir une nouvelle fois leur lèvres et un ballet se fait dans leurs bouches quand leurs langues s'entremêlent.

Ils repensent chacun de leur coté à cette folle nuit et Clara songe aux différentes nouvelles sensations que son amant lui a procurées.

Ils se retrouvent le soir sur le pont, passe la soirée à parler de leur nuit passée, de leurs nuits futures et de leur avenir, puis vont chacun dans leur cabine pour dormir seuls, cette nuit…enfin seul, pas vraiment puisque Clara partage sa chambre avec Alex.

Depuis son retour il n'arrête pas de la harceler pour savoir ce qu'elle avait fait à terre, où elle avait dormi et avec qui. Elle l'a gentiment envoyé promener mais sait très bien qu'il va recommencer dès qu'il le pourra. Lorsqu'elle rentre dans sa cabine, elle est soulagée de ne pas le voir encore là, en profite pour faire vite fait une douche et se couche face au mur, en pensant à Antoine pour s'endormir et faire de doux rêves. Elle n'entendant pas Alex qui rentre dans la nuit, accompagné de clémence.

Cette dernière mal à l'aise de savoir Clara juste là, près d'eux lui demande si c'est vraiment une bonne idée, mais Alex ne lui laisse pas le temps de réfléchir et l'attire à lui pour l'embrasser fougueusement, tout en regardant Clara. Il soupire en voyant qu'elle dort et retenant sa colère, il déshabille sa maitresse presque en lui déchirant ses vêtements. Elle se demande ce qui lui arrive car d'habitude il est plutôt tendre mais n'est pas inquiète car elle aime bien être « chahutée » pendant les préliminaires.

Il la renverse sur le lit, lui écarte les jambes et vient la lécher pendant qu'elle lui enfonce les ongles dans le dos telle une tigresse qu'il doit dompter, elle relève son bassin et se tord dans tous les sens tellement la langue d'Alex est active. Jamais personne ne l'avait fait jouir aussi vite.

Il se relève, s'allonge sur le lit, et clémence attrape son sexe en érection pour le mettre en bouche mais Alex lui attrape la tête entre ses mains, l'attire vers lui, l'embrasse, descend ses mains sur ses hanches pour la mettre en position puis prend son sexe dans sa main pour le diriger vers le vagin trempé de Clémence. Elle comprend qu'il veut qu'elle l'enfourche, ce qu'elle fait en poussant un gémissement et remonte doucement. Alex trouvant que ça n'allait pas assez vite à son gout, remonte son bassin pour la pénétrer et elle comprend qu'elle doit faire des va et viens plus rapides.

Elle gémit de plus en plus, il râle à chaque fois qu'elle arrive au fond de son vagin. Il tourne la tête et dans un râle, laisse échapper un « Clara ». En entendant son prénom, elle se réveille et somnolant elle se retourne en ouvrant légèrement les yeux. Ce qu'elle voit ne lui plait pas du tout car il était bien convenu qu'Alex ne devait pas faire venir ses conquêtes dans leur cabine.

Elle se relève d'un coup dans son lit, clémence sursaute et rougit en se voyant ainsi surprise, et Alex lui ne se laisse pas démonter. « Viens ma petite chérie, à trois ça peut être très bien aussi ». Clémence et Clara choquée ne savent pas quoi lui répondre, elles n'auraient jamais pensé qu'il pourrait dire une chose pareille. Clara s'habille vite et sort de la cabine, elle reste adossée à la porte quelques minutes le temps de reprendre ses esprits et entend que derrière elle, ça n'a pas du trop gêner la belle métisse vu qu'elle reprend de plus bel ses gémissements.

Clara réfléchit quelques secondes et se décide à monter sur le pont, elle marche en se demandant ce qu'elle allait faire maintenant et sans s'en rendre compte elle arrive devant la cabine d'Antoine. Que faire ? elle a peur de sa réaction car il n'était pas prévu qu'elle vienne.

Elle allait repartir quand la porte de celui-ci s'ouvrit, il avait entendu du bruit et se demandait ce que c'était. Il est surpris de la voir et lui demande ce qu'elle fait là à cette heure. Elle lui explique donc ce qui se passe dans sa cabine, il lui sourit et l'invite à rentrer dans la sienne.

Elle s'excuse mais ne lui laisse pas le temps de parler d'avantage, il l'embrasse amoureusement, il n'arrivait pas à dormir tant il pensait à elle. Et la savoir là dans ses bras le rendait fou de joie. Ils n'allaient pas beaucoup dormir encore cette nuit et ils éclatent de rire car cette phrase, ils l'ont dites en même temps.

Ils étaient heureux et se fichaient de ce qui pouvait se dire. Antoine ne voulait plus qu'elle retourne dans la cabine d'Alex et dès le lendemain officiellement elle viendrait vivre dans sa cabine. Les jaloux n'auront qu'à se taire, il l'aime et le reste n'est que broutille.

Il n'en revient pas de tout ce qu'il vient de dire, jamais il n'avait vécu avec quelqu'un de peur qu'elle n'envahisse son territoire, qu'elle ne vole son oxygène et là il ne veut pas vivre sans elle. Tout allait si vite mais ça lui était égal, il sentait que cette fois ça n'était pas pareil, et Clara de son côté est apeurée mais ravie malgré tout.

Le lendemain, dès la première heure, Alex cherche Clara partout, il veut s'excuser, lui expliquer qu'il est désolé mais était en colère. Il est fou amoureux d'elle mais elle ne le voit même pas. Quand il la trouve enfin elle est dans les bras d'Antoine, il n'en revient pas. Et lorsqu'il se penche pour l'embrasser il sent ses jambes se dérober sous lui. Elle était avec lui…non, ce n'est pas vrai…pas ça…pourquoi ???

Elle s'approche de lui et fait mine de l'ignorer, il lui attrape le bras et elle se dégage de l'étreinte de ses doigts. Il s'excuse pour la veille, mais elle a du mal à lui pardonner. Il a les larmes aux yeux et elle le regarde pour essayer de comprendre. Il lui avoue alors ses sentiments. Elle est gênée mais lui explique ce qu'elle ressent pour Antoine et lui demande de ne rien faire pour empêcher leur amour.

Et comme il tient à elle, il lui promet de les laisser être heureux ensemble. Clémence à des sentiments pour lui et peut être qu'à force il en aura autant pour elle.

Les jours et les mois passent, Alex et clémence sont enfin heureux ensemble, ils vont même bientôt se marier. Antoine et Clara eux, vivent ensemble depuis le fameux soir et leur bonheur irradie autour d'eux.

Un matin au réveil, Antoine ouvre les yeux et cherche Clara qui n'est plus près de lui, il l'appelle, se redresse dans le lit, pas de réponse de Clara. Il regarde à nouveau à sa place et voit une feuille de papier. Il la prend et dessous voit une espèce de tube avec un capuchon. Il n'y prend pas vraiment garde et lit la lettre :

« Mon amour, cela fait bientôt 10 mois que nous sommes ensemble, que je vis un conte de fée, mais le conte ne fait que commencer, regarde sous la feuille et tu comprendras… »

Il prend ce fameux tube qui n'avait pas attiré son attention au premier abord, le regarde et comprend tout à coup…

Il sourit, se lève, nu comme un ver et ouvre sa porte qui donne sur une coursive face à la mer. Des passagers sortant de leur chambre le regardent surpris. Il aperçoit Clara à l'autre bout du pont et hurle :

« Je vais être papa !!! c'est merveilleux, je t'aime mon amour… !»

6 – Une histoire imaginaire

C'est à la nuit tombée

Que là-bas, dans le fourré

Un jeune homme veille

Près de la chaumière d'Arielle.

Il se tapit là, non loin de la maison

Il attend tranquillement de ne plus entendre de sons.

Quand tout est calme et sans danger

Il sort doucement de son terrier.

Il se révèle et s'étire

Il peut enfin errer sur son empire.

Cet homme de l'ombre ainsi debout

De si petite taille qu'on le croirait à genoux,

N'est autre que le roi des elfes mais vous ne me croirez pas

Car dans vos esprits cartésiens ce petit monde n'existe pas.

Pourtant il est bel et bien vivant

Se cachant la journée évidemment

Car de la folie des hommes il se méfie

Ils pourraient lui faire du mal il s'en soucie.

Mais le soir venu pendant au moins quatre heures

Il reste là dans ce fourré de malheur

A attendre le moment où dans la chaumière

Il ne reste dans la chambre qu'une lumière.

C'est la chambre de la belle Arielle

Qu'un jour il vit par merveille

En passant devant sa maisonnée

Il s'arrêta devant tant de beauté.

Elle était magnifique

Avec ses yeux bleus électriques,

Sa bouche purpurine

Et sa jolie poitrine.

Tauron, c'était son nom

Qui signifie seigneur des forets, dans sa région

Venait chaque soir sous la lune

Pour épier sa belle brune.

Il s'approche à pas de loup vers la fenêtre

Et dans la clarté de la lampe où elle lit une lettre

Il l'observe silencieux le nez derrière la vitre

Jusqu'à ce qu'elle se lève quand elle eut fini son chapitre.

Avant de se coucher elle doit se changer

Elle s'approche du miroir pour se déshabiller.

Une fois sa robe dégrafée

Elle la laisse tombé au bas de ses pieds.

Elle en fait de même avec ses jupons

Qui rejoignent la robe en tourbillon.

Tauron cherche et la voit dans le reflet du miroir

La lampe vacille, et tout devient noir.

Il ouvre la fenêtre et se glisse à l'intérieur

Furtivement pour ne pas lui faire peur.

Il s'approche de son lit où elle est étendue

Il vient de se rendre compte qu'en fait elle dort nue.

Quelques jolies courbes attirent son regard

De ses hanches à ses seins quel beau cauchemar.

La belle ouvre les yeux et devant son voyeur

Elle s'assoit sur son lit, son regard remplit de stupeur

Ses cheveux blancs, sa pâleur et son habit argenté

Lui ont fait croire que la maison était hantée

Et au moment où elle allait crier

Il pose sa main sur son bras, elle en reste bouche bée.

Ce n'est donc pas un fantôme

Pas même un petit gnome

Il s'agit d'un elfe aux oreilles pointues

Mais elle n'en avait encore jamais vu.

Elle l'observe, le dévisage

Mais n'arrive pas à lui donner un âge,

Il parait jeune, elle n'est pas farouche

Elle l'invite donc sur sa couche.

Il enlève sa cape et se couche près d'elle

Elle lui ôte ses habits et l'observe de plus bel.

Qu'il est pâle et maigrichon

Mais quel beau sexe en érection.

Elle s'agenouille au pied du lit

Les fesses en l'air et face à lui

Elle passe sa langue sur son sexe tendu

Elle veut en boire tout le jus.

Elle le lèche, le suce, l'aspire

Il gémit, soupire, en plein délire.

Son corps tendu il halète

Elle accélère puis s'arrête,

Reprend à nouveau avec acharnement

Il n'en peut plus lui soufflent ses gémissements.

Dans un dernier effort elle le fait jouir

Sa semence dans la bouche elle va déglutir.

Il soupire, reprend sa respiration

Et c'est lui qui se met en position.

Il lui lèche les seins, lui caresse le minou

Ecarte ses jambes pour faire jouer ses doigts à son gout.

Il la titille, la fait gémir

Y rentre un doigt pour la faire frémir.

Son doigt cherche son point g

Car à l'intérieur il aime voyager.

Quant à son tour elle se met à jouir

Il s'agenouille devant elle, le sexe prêt à bondir.

Il écarte ses jambes et d'un coup la pénètre

Elle n'attendait que ça elle venait de l'admettre.

Elle crie si fort que la fenêtre ouverte

Les voisins du coin allaient donner l'alerte,

Mais en entendant gémir ils comprirent que la belle

N'en n'était pas qu'à la bagatelle.

Par des mouvements hâtifs il s'en va la faire jouir

La douce Arielle haletante allait-elle s'évanouir ?

Il n'en était pas question elle voulait s'abandonner

Car l'extase elle avait entendu parler

Et voulait le connaitre avec cet être magique

Si elle n'y arrivait pas ça serait tragique.

Il allait tellement vite qu'elle s'en étonna

Sa petite taille le mettrait-il dans un tel état ?

Mais lorsqu'il ralentit dans son corps elle sent

La gorge tremblotante, arriver son ultime gémissement

Des étoiles pleins les yeux elle cria à pleine voix

Les voisins surent que c'était bon cette fois.

Jamais auparavant elle n'avait connu cela

C'est grâce à son elfe roi, elle voulait remettre ça.

Il se posa près d'elle pour reprendre son souffle

Mais à sa demande insistante par sa bouche elle s'essouffle

Car de sa langue agile il lui titille le bouton

Elle en demande encore, c'est une bénédiction.

Au bout de quelques heures, après moult positions

C'est le souffle coupé, ayant jouis à l'unisson

Qu'ils se couchent tous deux, l'un près de l'autre enlacés

Les yeux mi-clos d'avoir autant donné.

Les voici endormis, les voisins agacés

Se demandent malgré tout si demain ça va recommencer.

7 - La vie devant nous

Voilà, le taxi me dépose comme chaque matin devant l'immeuble où je travaille.

Je suis arrivée à New York, il y a quelques mois et je vis chez mon oncle et ma tante. C'est lui qui m'a parlé du poste que j'occupe. J'ai postulé tout en me disant que ma candidature serait rejetée mais ça n'a pas été le cas.

J'ai été convoquée, reçue par l'assistant du grand PDG (un jeune homme, beau et riche d'après mes collègues, mais je ne l'ai pas encore vu), et c'est la DRH qui m'a téléphoné pour me demander de venir signer mon contrat. Je commençais la semaine d'après.

J'arrive devant l'ascenseur (enfin un des ascenseurs car il y en a 8) et j'appuie sur le bouton 71. Je travaille au soixante et onzième étage, dans une salle où se trouvent deux box et deux bureaux, le mien et celui de mon collègue Brian. Un beau brun ténébreux, toujours le sourire avec des dents blanches comme dans les publicités pour les dentifrices, qui est toujours là quand la DRH, Miranda, essaye de me rabaisser à cause de mon accent.

Ah oui, j'oubliais ! Je suis française, d'une mère française et d'un père américain venu vivre en France. Il a rencontré ma mère chez des amis communs et ils ont tout de suite craqués l'un pour l'autre. Ils se sont revus plusieurs fois puis mon père à quitter son studio d'étudiant pour aller vivre avec ma mère qui habitait dans un appartement que son père lui avait offert.

A la fin de ses études, mon père devait rentrer en Amérique, mais il était tellement amoureux de ma mère qu'il resta en France. Il trouva à travail d'avocat dans un grand cabinet, épousa ma mère et quelques mois plus tard, je vins au monde, un 4 juillet, jour de l'indépendance dans le pays de mon père. C'était un signe pour lui, lequel ? Il ne me l'a jamais dit. Mais comme ce jour-là s'appelle aussi le « fourth of july », il eut l'idée loufoque de m'appeler Julie.

Mes collègues m'appellent Julia, certains plus proches me surnomment Lily. Seule Miranda m'appelle Mademoiselle Collins, avec ses grands airs.

Je n'ai pas d'autres amis que mes collègues, je ne connais personne à New York. J'y venais en vacances avec mes parents étant petite, mais je restais seule à cause des barrières de la langue. Je parle à présent couramment la langue de mon père mais j'ai parfois l'accent français qui revient ce qui me vaut les moqueries de cette chère Miranda.

Malgré tout cela, les New Yorkais restent pour moi inaccessibles, toujours pressés, une foule de gens prêts à se marcher dessus à la sortie des bureaux, des milliers de fourmis, voilà comment je les vois quand j'arrive devant la grande porte vitrée à la fin de ma journée.

Je ne sors pas de suite, je les laisse se bousculer et j'attends tranquillement mon amie Jane, hôtesse d'accueil de surcroit dans l'entreprise où je travaille, et qui met toujours une demi-heure à se changer, se maquiller et se coiffer après sa journée.

En l'attendant, Martin, un des cadres de l'entreprise m'a rejoint, un jeune homme charmant, les traits du visage très fins, cheveux longs attachés et de beaux yeux verts. Lorsque Jane sort des toilettes et qu'elle l'aperçoit, je vois ses joues rosir et je sens une tension électrique entre les deux. Martin la salue en bafouillant, elle lui répond en regardant ses chaussures.

Mais ils attendent quoi tous les deux pour s'avouer leurs sentiments !

En même temps, je ne peux rien dire, je suis dans le même cas avec mon collègue. Brian me plait mais je ne lui montre pas, enfin j'essaye. De toute façon, il n'est pas intéressé, il préfère ses copains et sa moto, sa petite merveille comme il dit.

Tient, le voilà justement qui arrive. Il nous salue, je lui souris et il nous propose d'aller boire un verre tous ensemble pour une fois et tout le monde accepte.

On se retrouve après quelques minutes de marche dans un petit bar, branché, avec plein de jeunes de nos âges. J'ai 26 ans, Jane en a 25, quant à Martin et Brian et ils ont 30 et 28 ans. Brian est connu ici, beaucoup de personnes viennent le saluer.

Avec Martin et Jane, on se regarde l'air gêné mais on ne dit rien. En plus, la musique est super forte, on est obligé de crier pour se faire comprendre ou de se parler à l'oreille, ce que font d'ailleurs mes deux amis, assis l'un à côté de l'autre et tous deux rouges par leur proximité. Mais leur conversation à l'air de leur plaire car ils ne se décollent pas, même quand le serveur vient prendre la commande.

Chacun commande son cocktail, pour Jane un manathan, pour Martin un mojito, pour Brian une pina collada et pour moi un « sex on the beach ». J'ai à peine dit le nom de mon cocktail que je sens les regards des deux hommes sur moi. En rougissant je leur signale que ce n'est qu'une boisson et aucunes allusions ni invitations. Ils éclatent de rire et je m'enfonce dans la banquette, de honte.

Les garçons nous invitent chacun leur tour et au bout de deux verres, Jane est complètement à l'aise avec Martin. Elle pose même sa main sur sa cuisse, sans gêne et sans rougir et ne la retire pas lorsqu'il la recouvre de sa main. Ils parlent ensemble, Brian parle au patron du bar qui est venu le saluer et moi, je suis là à regarder autour de moi, et je me sens seule d'un coup.

Au bout d'une heure, Jane décide de partir et Martin lui propose de la raccompagner, ce qu'elle accepte volontiers. Elle se penche vers moi et me dit à l'oreille : « Tu attends quoi ma belle, tu crois qu'on ne l'a pas vu que Brian te plait. Et crois-moi, tu ne lui es pas indifférente. Laisse pas passer l'affaire ! » et elle se relève en me faisant un clin d'œil. Je ne sais pas ce qu'elle dit à Brian en partant mais il me lance un regard ébahi.

Je me retrouve seule sur ma banquette à écouter la musique sans vraiment savoir ce que j'écoute et je regarde machinalement vers le bar, lorsque mon regard croise celui de Brian. Ses yeux noirs posés sur moi si intensément, que j'en rougis sans pouvoir me maitriser, me font fondre et avant d'être complètement liquéfiée, je tente d'attraper mon sac pour rentrer à mon tour.

Brian arrive vers moi, me tend la main pour m'aider à me lever et je me retrouve collée à lui à humer son parfum qui m'enivre. Il approche sa bouche de mon oreille et me murmure assez fort pour que j'entende malgré la musique : « j'ai un deuxième casque, je peux te ramener ? ».

Son souffle dans mon cou me fait frissonner et j'opine de la tête pour lui signifier que j'accepte avec plaisir. On est à l'autre bout de la ville et je n'ai pas trop envie de prendre le train à cette heure. Il attrape ma main et m'entraine vers le bar où d'un signe de tête il dit au revoir à tout le monde, récupère le casque posé au bout du comptoir et m'entraine vers l'extérieur.

En ouvrant la porte, on stoppe net notre marche. Nous nous retrouvons face à Martin et Jane, enlacés et les lèvres collées, s'embrassant tendrement. On se regarde avec Brian et sans rien se dire, juste d'un regard complice, on lance à l'unisson un gros « hum…hum » qui fait sursauter nos deux tourtereaux. Rouges comme des pivoines, ils bégayent tous les deux des explications incompréhensibles qui nous font tordre de rire.

Jane me regarde, les yeux pétillants, heureuse, me sourit et dans son sourire je lis un « à ton tour ! ». Je lui souris en lui faisant un clin d'œil. Brian me prend par la taille et me dit « on y va princesse, on n'est pas encore arrivés ». J'acquiesce, gênée d'être aussi proche de lui, mais tellement bien malgré tout.

On arrive près de sa moto, il me tend le casque et me demande si je n'aurais pas trop peur. Je le regarde, amusée et lui fait un large sourire en lui disant que j'ai l'habitude, que mon cousin en a une bien plus grosse que lui. En voyant son regard surpris, je comprends à quoi il pense et je rajoute très vite que c'est de la moto que je parlais bien sûr. On éclate de rire, son rire est communicatif et j'adore son sourire.

Il enfourche sa bécane, je monte derrière lui et passe mes bras autour de lui. Je sens son cœur battre plus fort lorsque je me colle contre lui. En fait est-ce le sien ou le mien qui s'emballe autant ?

On traverse la ville à toute vitesse, on arrive devant chez moi et je descends. Je lui tends mon casque mais il me propose de le garder si je suis d'accord pour venir me chercher demain pour un pique-nique vu que ce sera le week-end. J'accepte, il me sourit, me souhaite une bonne nuit et m'embrasse tendrement sur le front. A nouveau, au contact de ses lèvres sur ma peau je frémis. Je le regarde partir, aussi vite que nous sommes arrivés.

Quand j'ouvre la porte, une bonne odeur envahit mes narines et je cours rejoindre mon oncle et ma tante qui m'attendent pour diner. A la fin du repas, je reste un peu avec eux pour discuter de mon travail. Mon oncle est fier de me l'avoir proposé. Je le remercie encore chaleureusement et dépose un baiser sur sa joue piquante avec sa barbe naissante.

A peine ma douche finie, j'entends mon téléphone bipper. C'est un texto de Brian qui me propose de passer le week-end avec lui dans le ranch de son oncle et donc de prévoir des affaires de rechange. Je lui réponds aussitôt que j'en suis ravie. Je prépare un sac avec des affaires, un tee-shirt, un long pull et surtout mes sous-vêtements pour « moments spéciaux », on ne sait jamais. Je suis folle, je me mets à fantasmer sur un week-end entre copains, rien de plus. Je m'imaginais déjà dans ses bras, il me donnait le plus doux des baisers, mais ce n'est qu'un rêve éveillé. Dommage c'est si beau.

Je m'endors en pensant à Brian et lorsque mon réveil sonne, je lui en veux car on allait faire l'amour. Pff, même la nuit je ne peux pas en profiter, j'étais pourtant si bien là, dans ses bras. Je sentais ses lèvres sur les miennes et ce baiser fougueux, ses mains qui me caressaient, qui me déshabillaient vêtement après vêtement. Je sentais sa bouche qui descendait le long de mon cou, qui jouait avec mes seins et au moment où sa bouche arrivait sur mon mont de Vénus, mon réveil me sort de ce si joli rêve, grrrr.

Je décide de ne pas le malmener et je vais vite prendre une douche (froide de préférence pour me calmer après ce rêve torride)

Brian est là en bas et m'attend. J'attrape le casque, embrasse ma tante avant de partir et j'arrive devant mon prince charmant sur sa sublime moto blanche. Bon c'est vrai, il n'a rien d'un prince et sa moto n'a rien d'un carrosse, mais lorsque je me retrouve collée à lui et grisée par la vitesse, tout ceci n'a plus d'importance.

Après une heure de route, Brian ralentit pour ne pas nous faire basculer lorsque nous roulons sur un chemin sablonneux et caillouteux. Nous arrivons devant une grande maison, juste à côté des écuries. Son oncle sort au son de la moto pour nous accueillir. A peine descendu de son bolide que son oncle l'attrape dans ses bras et le serre contre lui pendant un instant. Brian tente tant bien que mal de se libérer de son étreinte et me présente. Son oncle Stanley se jette sur moi et m'embrasse sur les joues en faisant claquer ses baisers.

Brian râle après son oncle qui lui demande s'il est jaloux et se met à rire à gorge déployée en rajoutant qu'il aurait de quoi craindre car il est encore bel homme pour son âge. Il se retourne vers moi en me faisant un clin d'œil pour me demander mon avis et mal à l'aise en voyant la moue de Brian, je souris à son oncle pour lui faire plaisir.

La tante de Brian arrive, quelques minutes plus tard, nous salue et tend un panier remplit de nourriture à son neveu. Je comprends alors que nous allons pique-nique. Stanley revient des écuries tenant la bride de deux alezans magnifiques et m'aide à monter en selle.

Je demande à Brian s'il sait faire du cheval et je le vois se grandir, se racler la gorge et me dire dans un français très articulé : « Je suis très bien monté depuis l'âge de 15 ans ». Je le regarde avec des yeux écarquillés et lorsqu'il me demande ce qu'il m'arrive, j'éclate de rire et lui explique son lapsus. Il n'est plus aussi fier qu'au début mais en voyant les larmes de rire qui coulent sur mes joues et son oncle qui pouffe discrètement, il se met à rire à son tour.

Il finit par s'approcher de son cheval, attrape sa bride et se trémousse tant bien que mal pour monter avec son panier à la main et nous voilà partis sur un petit sentier vers la forêt.

Nous chevauchons côte à côte, il me parle de son oncle et de sa tante, me pose des questions sur ma famille et sans nous en rendre compte, nous arrivons au bout de deux heures dans une jolie clairière, jonchée de souches d'arbres.

Nous en choisissons une qui nous servira de table à l'ombre d'un énorme chêne et nous installons une nappe et une couverture pour nous assoir. La tante de Brian n'a pas lésiné sur les petits plats, il y en a pour un régiment, entre les sandwichs, les boites de salade, le poulet rôti et la superbe tarte aux pommes. A la fin du repas, nos ventres manquent exploser.

Adossé au vieux chêne, Brian me propose de le rejoindre, il écarte les jambes pour que je me glisse entre et je me retrouve assise la tête contre son torse. Je suis tellement proche de lui que je sens mon cœur s'emballer.

Je me sens si bien dans ses bras que je me mets à somnoler, en sentant les doigts de l'homme, qui me fait craquer depuis que je suis arrivée chez Mac Quaid Corporation, me caresser les cheveux.

Au bout d'un moment, j'entrouvre les yeux et me demande depuis de temps je suis comme cela car je sens des fourmis dans mon corps.

Brian est toujours là, sa joue sur mon front, lâchant un râle de bien-être avant de me regarder et me demande si j'ai bien dormi. Je lui réponds par un sourire et me mets à rougir en pensant que j'avais peut-être ronflé pendant mon sommeil. Mais il ne fait aucunes allusions à ça, soit par galanterie soit par pudeur.

Il tourne sa tête vers moi, me sourit. Je le regarde, ses yeux pétillent et je sens son souffle s'approcher sur mon visage. Je relève la tête et je sens ses lèvres se poser sur les miennes. J'écarquille les yeux de surprise, mais les referme aussitôt pour apprécier ce moment.

Lorsque sa bouche quitte la mienne, je fais une moue qui en dit long. C'était un court baiser. Brian relève alors mon menton, revient m'embrasser et cette fois je sens sa langue s'insinuer dans ma bouche et venir s'enrouler autour de ma langue. C'est un baiser tellement intense mais si langoureux que j'en ai le souffle coupé. Nos cœurs battent à l'unisson et on se sent si bien que nous ne voyons pas le jour baisser.

Brian décide qu'il est l'heure de partir, m'aide à remonter sur mon bel étalon et nous prenons une autre direction que celle que nous avions prise pour venir. Voyant ma surprise, il m'explique que le chemin n'est pas éclairé et qu'il serait dangereux de rentrer à cette heure.

Nous nous dirigeons vers un chalet dans la forêt où son oncle va lorsqu'il chasse. Il y a de quoi manger avec des conserves et des salaisons, de quoi boire et faire un bon feu dans une grande cheminée. Une fois arrivés, Brian me propose de faire une douche à l'étage le temps qu'il prépare le feu pour cuisiner.

Je monte donc cet immense escalier de bois et je me retrouve dans une grande et superbe chambre. Dans une pièce la jouxtant, j'aperçois une immense douche à l'italienne entièrement carrelée de couleur rose, une pièce qu'on ne s'attendrait pas à voir dans un tel endroit.

Je fais le tour de la pièce du regard, je peux y voir un lit king size, donnant sur une grande baie vitrée, elle-même donnant sur une terrasse où l'on peut voir un paysage de rêve. Le soleil se couchait sur la cime des arbres et le spectacle était d'une beauté qui pourrait rendre romantique le plus rustre des hommes.

J'entends craquer le plancher derrière moi, et Brian se cale dans mon dos, ses bras autour de mon ventre, sa tête dans le creux de mon cou et me murmure : « j'espère sue ça te plait ». Je me retourne, passe ma main sur sa joue mal rasée et dépose un baiser sur ses lèvres. Il resserre un bras autour de ma taille, de l'autre il attrape ma nuque pour la maintenir pendant qu'il me rend mon baiser avec ardeur.

Je n'avais jamais ressenti cela auparavant, c'était un mélange de conquête, de joie, de lâché-prise et je suis si bien avec cet homme que j'ai peur de me réveiller dans mon lit en me disant que ce n'est qu'un rêve.

Lorsque nos bouches s'arrachent l'un de l'autre par manque de souffle, je vois sur le lit nos sacs. Il avait donc prévu de passer la nuit ici et son oncle a apporté nos affaires. Petit cachotier...

Je prends ma douche en laissant couler l'eau sur mon corps. J'adore la sensation de l'eau qui dévale du haut de mon crâne à mes chevilles. L'eau est tiède et je repense à la journée passée, aux étreintes de Brian et à nos baisers échangés. Je suis sortie de ma rêverie par mon homme qui m'annonce que le repas est chaud. J'enfile une culotte et un pull qui est si long qu'il ressemble une robe et je descends le rejoindre.

La cheminée illumine la pièce, la table est mise, une marmite fume dans l'âtre. Et je me dis que c'est un homme parfait, bien que la perfection n'existe pas et tant mieux. Il m'invite à m'assoir, m'offre un verre de vin blanc et nous trinquons à nous et à notre belle histoire d'amour qui commence. Je suis aux anges, qui aurait dit ce matin que nous serions ensemble ce soir.

Nous dinons tranquillement en se racontant des anecdotes sur nos vies, en savourant le délicieux ragout que tante Mathilda (c'est ainsi qu'elle se prénomme) nous a gentiment préparer. Après le diner, Brian monte se doucher à son tour, pendant ce temps, je me décide à allumer mon téléphone (une journée sans, ça fait du bien) et je me connecte pour voir mes mails.

Il y en a deux, l'un qui est une promotion pour des fringues, bof...et l'autre de mon amie Jane.

Allez je l'ouvre.

« de : jane.stevens@gmail.com

A : julie.collins@gmail.com

Objet : il faut que je te raconte…

Coucou ma Julie,

J'espère que je ne te dérange pas mais il faut que je te raconte…

Hier quand vous nous avez surpris en plein baiser, je n'en revenais pas. Martin, le Martin qui me plait depuis des mois s'est enfin décidé à faire quelque chose. Quand vous nous avez quittés, il a attendu que votre moto tourne dans la rue Kennedy pour me reprendre dans ses bras et m'embrasser à nouveau.

Si tu savais, j'avais les jambes qui flageolaient (en fait s'était peut-être dû aux deux verres que j'avais bus avant), j'avais la tête qui tournait tant son baiser était fougueux. Il a relâché son étreinte et m'a demandé si je voulais aller chez lui. Après quelques secondes d'hésitation, j'acceptais et nous voilà dans un taxi direction son loft (et oui, il a un superbe loft au douzième étage d'une tour pas très loin des bureaux, enfin bref…).

Nous descendons du taxi, nous nous dirigeons vers l'entrée, deux potes à lui le saluent et me sourient étonnés (genre : « quoi ! Martin a une co-pine, ben ça alors ! »). Nous arrivons devant les ascenseurs et une fois à l'intérieur, et après avoir appuyé sur le bouton numéro 12, il se rapproche de moi, se colle contre mon corps, m'attrape par la taille et me soulève. Ma jupe remontée, je croise mes jambes autour de lui, mes bras autour de son cou et nous voilà reparti pour un baiser torride, sans se soucier si quelqu'un avait appelé l'ascenseur entre temps et nous surprendrait dans cette position.

Heureusement personne ne l'attendit et nous sursautons juste lorsque la sonnerie retentit et que les portes s'ouvrent à notre étage. Là Martin me repose délicatement, je réajuste ma jupe et il m'attire par la main hors de l'ascenseur. Je le suis sans rien dire, gênée malgré tout mais tellement excitée par cet homme si beau, mais différent de ce qu'on le connait au travail.

En rentrant, il détache ses cheveux, il est encore plus beau comme ça. Je vois dans ses yeux verts le désir, telles des flammes qui le consument pour moi. Une fois la porte refermée, il me plaque contre le mur, me vole un baiser et pose ses lèvres sur ma joue, puis sur mon cou. Son souffle est brulant et je sens ses mains sur mes hanches. Il soulève mon chemisier pour le sortir de ma jupe et entreprend de le déboutonner. Il le fait descendre le long de mes bras et il sourit en me voyant frissonner.

Pendant ce temps je passe mes doigts dans ses cheveux, puis, voulant sentir le contact de sa peau contre la mienne, je lui retire sa veste et son tee-shirt. Il comprend ce que je cherche et colle son torse contre ma poitrine. Comme mon soutien-gorge cache encore quelques morceaux de ma peau, d'une main habile il vient le détacher et le laisse tomber à terre. Nos deux corps collés, bouillants comme de la braise n'en peuvent plus.

Il me soulève à nouveau, je remets mes jambes autour de lui et pendant que je l'embrasse dans le cou, il vient m'allonger sur son canapé, au milieu de cette grande pièce qui lui sert d'appartement. Il dépose un baiser sur le haut de ma poitrine puis descend jusqu'à mes seins qu'il s'empresse de les embrasser, les lécher et mordiller, faisant s'échapper de ma gorge quelques gémissements.

Il me sourit, je pose mes mains sur sa tête pour suivre son évolution et il continue à embrasser mon ventre jusqu'à mon bas-ventre. Ma jupe l'arrête, il se relève, la déboutonne et tout en relevant mon bassin et en me cambrant, il réussit à la retirer en même temps que ma petite culotte.

Me voilà nue comme un ver dans lui, ses yeux me toisant, me dévorant avec un sourire d'admiration et pour la première fois je me sens désirée, réellement. Il se recule, fouille dans un tiroir d'une petite table près du sofa et en sort... Tu ne devineras jamais... Un sextoy rose, vibrant !!!

Il me le tend en me murmurant à l'oreille : « montre-moi comment tu te donnes du plaisir ! » et me voyant bouche bée et le regard hébété sur cet objet, il rajoute : « excite-moi ma chérie ».

Remise de mes émotions, je regarde le vibromasseur et tourne la molette pour le mettre en marche. Je ne suis pas super fan de ce genre d'objet, je suis plutôt clitoridienne que vaginale mais après tout, je me mets à vouloir le tester.

Je m'installe donc sur le canapé, confortablement, le dos contre le dossier. Martin s'assoit en face de moi, sur un fauteuil pour mater. J'écarte les jambes et pose mes pieds sur l'assise du canapé. Il a une belle vue monsieur, sur le trésor que je garde bien au chaud, à l'abri de certains regards pervers. Mais le sien ne l'est pas, il est doux, aimant, joueur et je comprends donc que pour lui il s'agit d'un jeu sexuel, comme d'autres aurait pu se servir de menottes ou de fouet. Après tout je préfère le sextoy, ça ne fait pas mal au moins.

Je commence donc à me caresser avec les mains, d'abord mes seins (je joue avec mes tétons, les titilles, les pinces entre mes doigts), je prends le gode dans ma main droite et m'en sers pour remplacer mes mains. Je le fais descendre sur mon ventre, comme il l'avait fait auparavant avec sa bouche et enfin le pose délicatement sur mon petit bouton gonflé de désir. Je lâche un gémissement à ce moment-là et regarde mon petit voyeur adoré qui me sourit gentiment.

Je passe le vibro de haut en bas, de mon clitoris à mon anus, le rentrant à peine dans mon vagin et je sens déjà mon corps se durcir.

Martin n'en rate pas une miette et quand je me décide à rentrer le gode dans mon vagin et qu'un cri de plaisir s'échappe de ma bouche, je le vois déboutonner son pantalon et sortir son pénis en érection de son boxer. Il commence à le caresser, ce qui, je ne l'aurais imaginé, m'excite et j'entreprends d'accélérer mes mouvements. Je le ressors de temps en temps, me titille parfois le clitoris, parfois l'anus et gémis.

Mon bel amant est en extase devant cette scène, me murmure des mots tendres qui me donne envie de continuer de plus belle. Je me mords la lèvre inférieure en rentrant à nouveau mon sextoy et je retiens mes gémissements. Martin me demande alors de ne rien retenir, il veut m'entendre et que je me lâche.

Au début j'ai eu du mal par gêne et peur d'être entendu par les voisins, et puis petit à petit je me laisse aller et je vois mon Martin sourire lorsque je laisse sortir un cri de plaisir du fond de ma gorge, et comme j'accélère de plus en plus, d'autres suivent.

Je ne m'arrête plus, les vas et vient s'amplifient, de mon autre main je joue avec mon clitoris. Je le caresse de haut en bas, puis avec mon index et mon majeur, je fais des mouvements circulaires, histoire de sentir encore plus le désir monter. Je suis en transe, je pousse des cris de plus en plus intenses et rapprochés. Mon corps se tend et je me cambre, je sens que je vais jouir et le dis à Martin qui est là, devant moi à se caresser doucement en me souriant. Et lorsque je le regarde, son sexe tellement tendu finit par me faire jouir.

Mes jambes tremblent, mes cris résonnent dans le loft et je suffoque mais c'était tellement bon, je n'aurais jamais pensé apprécier ce petit jouet. Je referme mes jambes, reprend mon souffle et balance ma tête en arrière sur le canapé pour reprendre mes esprits. Quand je redresse la tête, je vois toujours mon Martin assis en face de moi, les mains sur les accoudoirs de son fauteuil. Il me regarde puis descend son regard sur son sexe et je comprends ce qu'il attend.

Je me lève, m'approche de son fauteuil et m'agenouille devant lui. En voyant sa façon de m'observer, je comprends que j'avais bien deviné. Je me penche et j'attrape son sexe dans ma main droite, ce qui a pour effet de le faire frissonner. Il lâche un gémissement. Je jette un œil vers lui, il a la tête renversée, la bouche entrouverte, les yeux fermés et lorsque je commence à passer ma langue le long de sa verge dure, il sert les dents et laisse échapper un petit sifflement.

J'arrive au bout et je passe ma langue autour de son gland, je le lèche, je joue avec et le prend en bouche. Commence alors une série de va-et-vient. Je viens aider ma bouche avec ma main que je resserre autour de son pénis.

Je retire mon visage et continue avec mes doigts serrés. J'accélère de plus en plus, je l'entends suffoquer, et sans qu'il ne s'y attende, je ralentis d'un coup. J'entends à sa façon de respirer que je l'ai surpris mais qu'il aime ça. J'attends quelques minutes en jouant au ralenti avec son sexe et pour qu'un nouvel effet le fasse gémir, je resserre mes doigts et me met à accélérer.

Et je ne m'arrête plus, j'accélère encore plus, je garde la cadence, je l'entends souffler, gémir, je vois son visage se crisper de plaisir et là, au moment où il allait venir, je relâche tout. Il se redresse, voit mon sourire taquin et je lis alors dans son regard quelque chose du genre : « ah oui, tu veux jouer… attends ma chérie, on va jouer ! ».

Il se lève d'un coup, me relève, m'attrape par la taille, me porte et encore une fois, j'enserre sa taille avec mes jambes. Il m'emmène ainsi vers la cuisine, enfin plutôt vers le comptoir qui la sépare du reste de la pièce. Je sens son sexe sur le mien quand il marche et ça m'excite.

Pendant le déplacement, il en profite pour m'embrasser, me dévore les lèvres, et lorsque nous arrivons le long du comptoir, il me cale le dos dessus, remonte mes jambes et je me retrouve allongée sur le plan de travail, les jambes écartées et sa tête entre elles en train de lécher mon clitoris. Je gémis et il accélère puis s'arrête d'un coup (ma parole il se venge !!!) et recommence à lécher mon bouton, l'attrape délicatement entre les lèvres et l'aspire. Il se redresse, me fait glisser le long de la planche et m'empale sur sexe toujours aussi dur.

Surprise, je lâche un cri de plaisir, je croise mes jambes dans son dos et passe mes bras vers l'arrière pour attraper le bord du comptoir et renverse ma tête. Il entame ses mouvements à l'intérieur de moi, le désir est tellement intense entre nous que nos deux corps ne font qu'un. Il reste à l'intérieur de moi encore et encore, me force à me redresser, à lâcher mes appuis et commence une marche vers l'autre bout de la pièce vers un lit rond avec un miroir placé juste au-dessus.

Je n'imaginais pas la sensation que j'allais avoir pendant sa progression dans son appartement. Mon vagin vibre sous ses pas et je jouis comme jamais. Il s'en réjouit et me dépose délicatement sur le bord du lit. Je relâche mes jambes, il se retire et je pousse sur mes jambes pour rejoindre le centre du lit. C'est la première fois que je vois un tel lit. Il revient vers moi, me tire à lui par les chevilles et se place entre mes jambes.

Il se penche vers moi pour m'embrasser goulument pendant qu'il guide son sexe avec sa main pour me pénétrer à nouveau. Et malgré ma langue dans sa bouche, il m'arrache un gémissement intense et à l'air satisfait de lui.

Lorsqu'il se redresse pour avoir plus d'amplitude dans ses pénétrations, j'ouvre les yeux et je nous vois dans le miroir du plafond. Je regarde mon bel Apollon s'affairer et j'avoue que c'est super excitant.

Je ne pensais pas que ça durerait aussi longtemps car dès qu'il sentait qu'il allait éjaculer, il se retirait et on changeait de position ; sur le dos, en levrette, sur le côté ma jambe relevée, sur le ventre et j'en passe. Je ne sais même plus combien de fois j'ai jouis mais quand il se décide enfin à jouir à son tour, nos corps brulants et ruisselants, nos souffles courts, il s'affale sur moi et nous restons comme ça quelques minutes pour reprendre nos esprits.

Il s'allonge ensuite près de moi, pose sa main sur mon ventre qui se soulève avec ma respiration redevenue presque normale et approche sa tête de la mienne. Je la tourne vers lui et je vois son visage détendu illuminé d'un sourire béat. Il me murmure alors : « c'était trop bon ma chérie, j'espère que tu seras en forme pour recommencer demain ! ». J'opine de la tête sourire aux lèvres et je le vois s'endormir en me serrant contre lui.

Je suis aux anges ma chérie, si tu savais. Jamais je n'aurais pu espérer cela. Je suis là en train de t'écrire près de l'homme qui me faisait fantasmer et qui m'a fait vibrer. J'espère que je ne rêve pas.

Bon allez je ne vais pas t'embêter plus longtemps. J'espère juste que tu vas pouvoir vivre une telle expérience et qui sait, peut-être avec Brian si tu te décides à lui dire ce que tu ressens. Je suis en train de rire en me disant que j'ai dû t'exciter à mort avec mon histoire et que tu vas peut-être te faire plaisir avec un sextoy !!!

Je t'embrasse ma Julie, passe un bon week-end et merci de m'avoir lu.

Bisous et à lundi au boulot.

Jane »

Non mais je rêve !!!

Elle m'a décrit ses ébats sexuels de A à Z et maintenant je suis dans un bel état, il faut que j'aille prendre l'air cinq minutes et surtout que je change de culotte avec que mon sextoy, oups je veux dire Brian, ne me rejoigne. Heureusement que je suis seule car j'éclate de rire au moment où je parle de Brian comme d'un objet sexuel, ce qui n'est surement pas le cas à mes yeux. C'est un homme d'un romantisme absolument et il me fait complètement craquer.

Je monte vite chercher dans mon sac de quoi me changer et file dans la salle de bain du rez-de-chaussée. Lorsque Brian me rejoint, je suis sur la terrasse, propre et sèche à nouveau mais je me demande pour combien de temps car quand il me prend dans ses bras, je commence à sentir mon corps se tendre sous ses mains et il comprend alors que j'ai envie de lui.

Il m'entraine alors à l'intérieur, m'attire vers la couverture tendue au sol près de la cheminée, m'embrasse tendrement. Il lâche mes lèvres un instant pour me demander si je voulais comme lui une véritable histoire d'amour et quand je lui réponds que c'est ce que je souhaite vivement, il retrouve ma bouche, cherche ma langue avec la sienne et commence un tendre ballet entre elles, pendant que ses mains caressent mon corps et m'effeuille de mes vêtements.

J'en fais de même et lorsque nous nous retrouvons nus tous les deux, je le vois chercher quelque chose dans la pièce. Tout d'un coup je repense à Jane et à son sextoy et je fais une moue qu'il ne voit heureusement pas.

Je le vois se lever, le suis du regard et revient avec... un coussin !!! Quel ange, il a pensé à mon confort. Il le dépose, m'aide à m'allonger et l'ajuste pour que je sois bien installée. Il vient ensuite poser ses lèvres sur le haut de mes seins. Il entame alors une tendre descente de sa bouche sur mon corps brulant, s'arrête aux zones les plus érotiques et une fois proche du « concierge de ma grotte d'amour » (autrement dit mon clitoris), il me regarde et se prépare à me donner du plaisir. Je sens sa langue se poser sur ma praline, ce qui a pour effet de tendre mon corps. Je sens ses lèvres l'entourer, le sucer, l'aspirer, sa langue le fait vibrer. Je me cambre, retiens ma respiration et suffoque de plaisir.

Notre position est telle que nous sommes tête bêche, moi sur le dos, lui sur le côté. Je profite de cette situation pour poser ma main sur ses bijoux de famille. Surpris, il émet un petit jappement puis se laisse faire. Je le caresse doucement et prend son membre en érection dans ma main et pendant qu'il me lèche encore, je resserre mes doigts et le branle en jouant avec la vitesse de mes mouvements. Nous gémissons à l'unisson, son râle m'excite et je pense que mon halètement ne lui est pas indifférent.

Et lorsque soudain il rentre un doigt dans mon vagin, je pousse un cri en inspirant et je vois dans son regard qu'il est fier de la surprise qu'il vient de me provoquer à son tour. J'adore ce qu'il me fait et le lui soupire entre deux gémissements. Alors il rentre un deuxième doigt et accélère ses mouvements et ses coups de langues.

Je resserre mes doigts à nouveau sur son sexe, je joue avec mon pouce et caresse le bout de son gland qui suinte et je finis par me cambrer car je sens que je vais venir. Je le lui dis entre mes dents serrées et je sens de sa part une accélération plus intense, je suffoque, je gémis et je lâche un cri au moment où j'atteins l'extase, que mon orgasme est au summum. Je jouis pour la première fois sous ses doigts et n'en pouvant plus je resserre mes jambes tremblantes.

Il comprend et retire ses doigts. Et pendant que je reprends mon souffle, il s'agenouille et approche son sexe vers moi. Il lui demande de s'allonger car je comprends ce qu'il veut. Je me mets à califourchon sur lui et je coince son sexe entre mes seins que je maintiens de chaque côté avec mes mains et je les fais descendre et remonter le long de son pénis.

Brian écarquille les yeux et satisfait, renverse la tête sur son coussin en laissant échapper des soupirs rauques. Je le vois prendre du plaisir, je sens le désir monter en lui, monter en moi et ne tenant plus, je relâche mon étreinte et remonte mon bassin vers le sien.

Je m'accroupis au-dessus de lui, attrape son sexe avec ma main pour le guider vers l'entrée de mon vagin et je descends lentement le long de son phallus. En même temps nous lâchons un soupir de satisfaction et nous faisons l'amour pour la première fois, comme si nous nous connaissions depuis toujours.

Nous changeons de positions, il se retrouve sur moi, en missionnaire, je remonte mes jambes et je remonte mes jambes autour de sa taille et les croisant mes pieds sur son dos. Il me pénètre plus profondément et je gémis plus fort. Entre deux nous nous embrassons, essoufflés mais heureux et nous jouissons ensemble plusieurs fois dans la nuit.

Au dernier de nos ébats, nous nous allongeons et nous serons dans les bras l'un de l'autre. Nous n'avons pas besoin de parler pour savoir que nous allons encore refaire l'amour avant l'aube.

Epuisés, nous nous endormons, ma tête sur son torse et ma main sur son ventre, son bras autour de mon épaule et nous dormons ainsi jusqu'à midi, réveillés par son téléphone. C'est son oncle qui s'inquiète ne nous voyant pas revenir. Avant de retourner au ranch, nous faisons l'amour deux fois.

Brian me demande si on doit se cacher par rapport au bureau et comme je lui réponds que moi ça ne me dérange pas, il me sourit satisfait. Nous arrivons au ranch en milieu d'après-midi. On remercie son oncle et sa tante pour tout et nous voilà repartis sur sa bécane.

Mais au lieu de me ramener chez moi, il se dirige vers une colline, arrête le moteur, m'aide à descendre et se met derrière moi pour m'enlacer. Quelques baisers plus tard, un magnifique coucher de soleil fait son apparition. Je ne pensais pas que cet homme était aussi romantique et comme s'il avait lu dans mes pensées, il me murmure que c'est moi qui le rends comme cela.

Je me serre contre lui, mon dos contre son torse et nous restons ainsi encore quelques instants, puis nous remontons sur la moto et repartons. Cette fois encore je ne reconnais pas le chemin qui mène à mon domicile et au détour d'une rue, il rentre dans un parking, arrive devant un box, me fait descendre et me demande si j'accepte de passer la nuit chez lui.

J'acquiesce et heureux il range son bolide, attrape ma main et m'entraine vers l'ascenseur. Au troisième étage les portes s'ouvrent, une jeune femme ouvre sa porte, c'est la voisine d'en face de Brian. Mais lorsqu'elle me voit, son regard s'arrête sur nos mains où nos doigts sont entrelacés et elle claque sa porte de colère. Je regarde alors Brian qui m'explique que ça fait 6 mois qu'il la repousse car elle le drague depuis qu'il a aménagé.

On rentre chez lui et j'ai juste le temps de faire le tour du regard qu'il m'enlace tendrement, m'embrasse et me murmure à l'oreille (ce qui a le chic de me faire frissonner) qu'il a une énorme envie de me faire l'amour.

Alors d'un air complice, je lui fais savoir que moi aussi. Il m'attrape par la taille de ses deux mains, face à moi et m'attire en reculant jusqu'à sa chambre. Là nous faisons l'amour et si sa voisine ne l'a pas encore compris, pourtant d'un naturel discret, je me lâche et gémis en espérant qu'elle m'entende. Ce qui fait éclater de rire mon chéri qui a compris ma démarche.

Au matin, je me réveille courbaturée mais tellement heureuse en repensant à mon week-end. Je me relève sur les coudes à la recherche de Brian et j'entends la douche coulée. Je me lève et en approchant de la cuisine, je sens une bonne odeur de café et de croissants chauds. Tout était prêt pour un petit déjeuner en amoureux. J'attends Brian assise sur un tabouret.

J'entends des pas derrière moi, mon homme sent si bon. Il se colle contre mon dos, encore humide avec sa serviette autour de la taille, et me tend une rose. Si je m'attendais à ça, c'est vraiment un homme presque parfait et il est à moi autant que je suis à lui.

Nous déjeunons, je me douche et au moment de partir, il me tend un casque en souriant. Moi qui croyais que j'allais devoir appeler un taxi je suis contente de pouvoir être encore collée à lui, à inhaler son parfum qui m'enivre.

Nous nous rendons au bureau, je rentre la première, mon casque à la main, le temps qu'il gare la moto. J'arrive à l'accueil où Jane avec son micro-casque sur les oreilles m'attends apparemment avec impatience.

Un large sourire sur son visage, elle se lève et me demande si j'ai lu son mail. J'acquiesce et secoue la main en lâchant un « oh là là c'était torride ». Je la vois rougir et nous éclatons de rire. Brian vient de rentrer par la grande porte vitrée et s'approche de nous. Jane aperçoit alors mon casque et me lance un regard interrogateur au moment où Brian pose sa main sur ma taille, m'attire contre lui pour m'entrainer vers l'ascenseur car nous allons être en retard. Je le suis non sans avoir fait un clin d'œil à mon amie qui me fait signe que c'est super.

Les jours passent et Jane et moi sommes comblées par nos hommes qui font tout pour nous gâter. Cela fait deux mois que Martin et Jane sortent ensemble, heureux au point de crier leur amour partout. Et un jour, alors que nous sirotions tous les quatre un verre dans un bar après le travail, Jane s'approche de moi sur la banquette et m'annonce que Martin lui a proposé de vivre chez lui et qu'elle a accepté. Je suis tellement heureuse pour elle, je lui attrape les mains et nous gloussons comme deux adolescentes.

Tout à l'air d'aller pour le mieux pour nos amis, ils vivent le parfait amour, et lorsqu'ils testent de nouvelles positions ou de nouvelles choses, Jane s'empresse de m'envoyer un mail pour tout me raconter. Je suis un peu son journal intime !

Ce matin-là, à mon réveil, Brian est déjà sous la douche. Je m'enfouis sous la couette pour grappiller encore quelques minutes de sommeil et me tourne vers son oreiller pour enfouir ma tête dedans pour sentir son odeur. Je passe la main donc comme je le disais sur son oreiller, les yeux fermés et je sens quelque chose de froid. Je m'empresse de regarder... un trousseau de clés ?!

Je me relève dans le lit, m'assois et fait tourner les clés entre mes doigts au moment où Brian me rejoint, inquiet de ma réaction. Je le regarde, lui montre les clés et avant que j'ouvre la bouche, il me dit : « vu que tu es la tous les soirs en ce moment, pourquoi ne pas vivre ensemble ? ».

Je le regarde à nouveau, mes yeux passent des clés à son visage interrogateur, je sors de ma couette, me lève et m'avance vers mon chéri pour me pendre à son cou et lui murmure que j'en serais ravie. Il m'embrasse tendrement, heureux et en me regardant droit dans les yeux, je l'entends me dire : « je t'aime mon amour !!! » avant de reposer ses lèvres sur les miennes pour un long et langoureux baiser.

Et l'avenir me direz-vous ?

Nous allons nous laisser bercer par notre amour au fil des jours en espérant que cet amour soit indestructible. Mais je peux vous dire une chose. Quelques mois plus tard Jane épousait Martin...

Et j'épousais Brian, nous avons fait un double mariage !

Le soir de nos noces, j'allume mon téléphone avant de prendre l'avion avec mon mari pour notre voyage de noce, et je vois beaucoup de messages s'afficher. La plupart sont des mails de ma famille et de mes amis de France qui n'ont pas pu venir à mon mariage et qui me félicitent. Mais il y en a un qui m'interpelle particulièrement et je l'ouvre.

« de Jane.Hudson@gmail.com

A Julie.Cox@gmail.com

Objet : le confessionnal

Ma chérie,

On est déjà dans l'avion direction la Thaïlande. J'ai déjà hâte d'y être. Je te souhaite un bon voyage pour Tahiti, amuse-toi bien.

Si je t'écris c'est parce qu'il faut que je t'avoue quelque chose. Cette après-midi, après notre mariage et pendant le vôtre, Martin et moi nous sommes éclipsés quelque temps (nous étions dans l'église et entendions vos vœux qui étaient très émouvants).

Mais si je te dis où nous étions, j'imagine déjà ta tête et tes yeux écarquillés. Allez hop, je me lance. Nous étions dans le confessionnal mais pas pour nous confesser. Ça y est, tu as les yeux écarquillés j'en suis sûre.

Oui oui tu as bien compris. Pendant que tout le monde était tourné vers vous deux (au passage tu étais magnifique), nous étions en train de batifoler dans ce minuscule endroit. Je te laisse imaginer la position dans laquelle j'étais. Au début je me suis retrouvé à genou (non non je ne priais pas !) face à mon mari, son sexe dans ma bouche à le sucer, l'aspirer et lui assis en face de moi, haletant et se forçant à ne pas faire entendre son plaisir.

Avant qu'il n'éjacule, je me suis retournée, me suis assise sur ses genoux, j'écartais les jambes et le laissait passer ses doigts sur ma fente en me plaquant le dos contre lui. Je me mordais les lèvres quand il rentrait ses doigts dans mon vagin et je retenais mes gémissements.

Enfin, je me suis mise face à lui, toujours sur ses genoux, son pénis dans ma grotte secrète et nous avons fait l'amour ! C'était intense car le fait d'avoir peur d'être surpris nous excitait de plus en plus. Nous avons essayé de ne pas trop bouger pour ne pas faire tomber notre cachette et une fois que nous avons jouis, nous remettions nos vêtements en place et sortions discrètement pour pouvoir assister à l'échange de vos anneaux.

Encore une nouvelle expérience que je devais te raconter. Ferme la bouche ma Julie !!! Je sais que tu es étonnée de lire tout çà et que tu te dis en même temps que c'est dommage que tu n'y es pas pensé.

Merci d'être mon amie fidèle, bon voyage de noce et à dans quinze jours.

Bisous

Jane »

Je souris en lisant son message et décide de lui répondre pour une fois.

« de Julie.Coc@gmail.com

A Jane.Hudson@gmail.com

Objet : Prem 's

Ma Jane,

Si tu savais, nous avons eu l'idée avant vous et pendant que vous vous mariiez, nous en avons profité pour nous aussi nous cacher dans un confessionnal également. Sauf que c'était Brian qui était à genoux et me léchait. Et nous avons fait l'amour debout, le dos à la porte.

Et je confirme, c'est super excitant d'avoir peur d'être surpris mais tellement intense que je me sentais pousser des ailes.

Désolée ma chérie mais cette fois on était les premiers !!!

Plein de bisous

Julie »

Deux minutes plus tard, je reçois un mot de Jane où elle écrit simplement : « ben ça alors ! ».

De retour de nos voyages, nous reprenons tous notre travail et commence alors vraiment notre vie de couple. Miranda nous attend dans notre bureau, avec son air renfrogner Brian et moi comprenons rapidement que nous allons l'avoir derrière notre dos très souvent. Sa jalousie se ressent à des kilomètres.

Mais ce n'est pas ça qui va nous gâcher la vie, elle est devant nous et nous sommes tous les quatre heureux dans nos foyers respectifs et attendons impatiemment la venue de nos bébés, car comme d'habitude, Jane et moi faisons les choses en même temps pour le bonheur de nos maris.

Et lorsqu'arrivent nos accouchements respectifs, nos maris en pleine détresse et panique nous rejoignent pour admirer nos enfants. Jane et martin ont eu des jumeaux magnifiques et Brian et moi, d'après vous ?

Des jumelles splendides !!!!

8 – Les naufragés

Matelot sur une galère espagnole

C'est naufragé que j'atteins le sol.

Les pieds sur une ile verte

Je me demande si elle est déserte.

J'observe, j'écoute, j'appelle,

Mais aucuns bruits ne m'interpellent.

Je m'enfonce dans cette forêt vierge

Et j'aperçois un rocher en forme de verge.

J'espère vraiment que cette ile est habitée,

Je ne voudrais pas, seul, y rester.

Un bruissement dans les buissons

Et de peur je fais un bon ;

Une nuée d'oiseaux qui s'envolent

Et c'est mon cœur qui s'affole.

Je gravis des collines, descends des ravins

Mais malgré tant de marche, ça ne mène à rien.

Epuisé, harassé, avant la nuit tombée

Je cherche un arbre pour m'y percher.

De là-haut, quel point de vue magnifique

Et malgré les souvenirs de cette journée dramatique,

Je m'allonge tranquillement sur mon lit de fortune

Une grosse branche comme matelas et me voilà dans la lune.

Je pense à mes amis, à ma famille

Au commandant qui doit penser que je resquille.

Et dans le silence de cet endroit,

Où mon sang se glace d'effroi,

Dans la pénombre, les yeux mi-clos,

J'aperçois là-bas, au loin, un corps sur le dos.

Je me relève, me précipite, descends de mon arbre

En ayant peur d'arriver sur une scène macabre,

Et m'approchant je comprends qu'il s'agit d'une damoiselle,

J'arrive, je me penche, elle est blonde, elle est belle.

Son corsage déchiré dévoile sa poitrine charnue,

Sa robe perdue, ses jupons relevés sur son corps nu,

Me ravissent les yeux, j'en saute de joie,

Je ne suis plus seul, quel bonheur ma foi.

Elle respire, je la relève, elle se réveille ;

Elle me regarde, prend peur, puis s'émerveille.

Elle me sourit et dans mes bras se laisse aller,

Ma présence semble la rassurer.

Je l'assois près de l'arbre et cherche une feuille de bananier,

J'en profite pour prendre ses fruits pour les lui donner.

Cette feuille elle en fait sa couche,

Et lorsqu'elle porte la banane à sa bouche,

Une envie d'être à la place du fruit

Me traverse fortement l'esprit.

Elle glisse celui-ci entre ses lèvres pulpeuses

Aurait-elle à l'esprit quelques idées douteuses ?

Elle passe sa langue sur cette forme oblongue

Je lui chuchote alors que la mienne est plus longue.

Sans même sourciller

Elle se jette à mes pieds,

Défaisant ma ceinture, dégrafant mes boutons,

La voici qui met à terre mon pantalon.

Elle a l'air bien gourmande ma petite sauvageonne,

Tu ne vas pas être déçue ma petite gloutonne.

Les yeux écarquillés sur mon sexe grossi,

Elle s'attelle en premier telle une extravertie,

A la partie fragile de mon anatomie

Je veux bien sur parler de mes testicules remplies.

Elle les lèche, les aspire, les gobe

De sa grande bouche les enrobe.

Délicatement dans sa main elle les presse

Et j'avoue, j'adore çà j'en confesse.

Se lassant rapidement de mes bourses,

Elle passe directement à la source.

Et le bâton en main, ma belle dévergondée,

L'astique et se délecte à grand coup de lampées.

Elle la rentre en entier dans sa gorge profonde,

Il n'y en a pas deux comme elle à la ronde.

Qu'est-ce donc qu'on entend, on dirait une bête ?

Ce n'est que moi qui râle, qui gémit, qui halète.

Pétrissage, léchage et aspiration,

Je vais finir par croire que cette femme a un don.

Dans sa bouche mon sexe en devient baveux

Je suis prêt à jouir je vous en fais l'aveu.

Vas y, à ton tour, belle coquine

Allonge-toi et écarte tes babines.

Tu m'offres ce trou béant

Mon sexe va adorer je le sens.

En deux temps trois mouvements je me retrouve sur elle ;

Il n'en faut pas beaucoup pour dompter la donzelle.

Elle se cambre et gémit à chacun de mes assauts

Je m'active en m'accrochant à ses cuisseaux.

D'un coup de rein elle m'offre sa croupe

Je me demande qu'elle est cette entourloupe

Ah tu aimes être en levrette

Attend que je rentre à nouveau ma baïonnette,

Car son vagin dégoulinant

Appelle mon sexe céans.

Je retrouve mon ardeur et l'enfile à nouveau

L'entendre gémir il n'y a rien de plus beau.

Je m'active, accélère mais ne vais pas assez vite

Car la demoiselle recule pour mieux sentir notre coït.

Sa cambrure, ses rondeurs m'excitent, je n'en peux plus

J'en profite pour lui mettre une petite tape sur le cul.

Elle se retourne me regarde d'un air complice

Prend mon sexe en main et dans son autre trou le glisse.

Surpris mais content j'entame mes mouvements

Elle me sourit pendant ses gémissements,

Et rentrant comme dans du beurre

Mon sexe me fait comprendre qu'il est l'heure.

Je m'enfonce bien en elle jusqu'à ce que mes couilles

Tape sur son clitoris et la chatouille.

N'ayant pas encore vu que d'une main elle se masturbe

Elle ne m'avait rien dit de peur que ça me perturbe,

Mais à grand coup de rein je prépare ma semence

Et en aucun cas je ne perds la cadence.

A bout de souffle je termine mon œuvre

Jouissant tous les deux en finissant ma manœuvre.

Je me retire, le sexe ruisselant

Quand je regarde le sien il est dégoulinant.

Je comprends quel plaisir elle a eu avec moi aujourd'hui

J'espère que maintenant nous resteront unis

Sur cette ile perdue en plein milieu de l'atlantique

Unis tous les deux dans cet instant magique.

À son regard bleu intense et perturbant,

Je comprends qu'elle aussi a le même sentiment.

En attendant les secours si un jour il y en a

Nous pourrons tous les deux, faire l'amour à tout va.

9 – un amour royal

Tout le monde connait la légende du roi Arthur. Que nous l'ayons lu dans différentes versions ou vu dans une série télévisée, chaque personnage y est différemment décrit mais reste quand même quasiment dans son rôle.

Mais qui connait la vie amoureuse et sexuelle de la reine Guenièvre et Lancelot du lac ?

Tout d'abord, Arthur est le roi de Camelot, il est le fils de Uther Pendragon et de Ygerne, mari de Guenièvre, fille de Leodagan. Dans son royaume on peut y rencontrer Perceval, un jeune homme gentillet comme on pourrait dire, et qui aspire à être chevalier pour venger son père et ses frères, morts lors d'un duel organisé à la cour pendant leur adoubement.

Il y eut également le roi Ban de Benoïc qui mourut de chagrin en voyant son château en feu, aux mains de son ennemi. Il avait un fils, un nouveauné, que sa femme avait confié à un de ses chevaliers le temps d'aller aider son mari à se redresser en haut de la colline. Mais lors d'une embuscade, il posa l'enfant sur un rocher près d'un lac, le temps que la mère redescende, elle vit son enfant dans les bras d'une femme sortant du lac et qui l'emmena avec elle au milieu de la brume.

Le lac d'Avalon était un lac secret, la brume le recouvrait tout le temps sauf au moment où Viviane ou ses hommes en sortaient. C'est ainsi que Viviane prit l'enfant du roi Ban et qu'elle l'éleva secrètement.

Cet enfant n'était autre que Lancelot, le futur chevalier du roi Arthur, mais aussi celui qui rendrait la reine infidèle. Ce qui ne put que plaire à Morgane, la demi-sœur d'Arthur et à leur fils Mordred qu'ils avaient eu ensemble pendant une nuit où tous les deux étaient drogués. Elle le détestait à tel point qu'elle cherchait toutes les ruses pour le faire souffrir.

Mais un jour que Lancelot avait disparu depuis trop longtemps, la reine partit à Avalon demander l'aide d'un enchanteur, prisonnier de Viviane. Lorsque Caradoc la vit arriver, il comprit que son élève (car il était le précepteur de Lancelot) avait des problèmes. Il emmena la belle Guenièvre auprès de Viviane qui l'emmena elle-même à Merlin car c'était lui le seul enchanteur capable de retrouver le chevalier.

Elle lui énonça sa sollicitation, retenant quelques sanglots, Merlin fit mine de ne pas y prêter attention, mais lorsqu'il vit perler des larmes sur le visage de cette jeune reine, il comprit aussitôt l'amour qu'elle portait à Lancelot. Il se rappela que lui aussi avait été fou amoureux de Viviane avant qu'elle ne l'emprisonne.

Il accepta d'aider Guenièvre et Viviane, étant folle d'inquiétude pour son fils adoptif et elle, accepta de le laisser sortir de sa prison de verre. Après moult philtres, moult incantations et moult ingrédients mélangés, Merlin réussit à localiser le jeune homme qui était emprisonné dans un jardin depuis quelques mois.

Guenièvre s'empressa de prévenir Arthur qui envoya son neveu Gauvain délivré son ami. Lorsque Lancelot arriva à Camelot, il avait les traits tirés et le visage pâle. Mais lorsque Guenièvre, la belle Guenièvre, l'objet de ses désirs, rentra dans la salle du trône, son visage s'éclaira, un sourire se dessina et ses yeux brillèrent de bonheur.

Celle à qui il avait pensé pendant tant d'années, qu'il pleurait d'avoir perdu, celle pour qui il avait presque perdu la raison dans ce jardin, prisonnier avec un fantôme lui ressemblant mais qui n'avait ni la parole, ni l'odeur de cette femme qu'il aimait en secret, était là, face à lui, lui souriant les larmes aux yeux. Il comprit alors qu'elle aussi l'aimait en secret malgré son mariage royal.

Arthur offrit une chambre au château à son ami et lui demanda de faire partie des chevaliers de la table ronde. Celui-ci accepta, tout en précisant à son roi qu'il comptait malgré tout rester un chevalier solitaire et faire ce que bon lui semblait à l'extérieur du château.

Le jeune Perceval venait souvent à Camelot et passait beaucoup de temps avec Arthur qui répondait à chacune des questions qu'il pouvait lui poser, qu'elles soient dénuées de sens ou intelligentes. Ils allaient dans les allées de la cour, dans la forêt qui bordait le château ou au bord d'une rivière, marchaient ou s'asseyaient sur une pierre et passaient des heures à bavarder.

Pendant ce temps-là, Guenièvre restait seule au château soit dans sa chambre, pensive, soit dans sa pièce de couture ou au coin de feu l'hiver. Chaque jour Lancelot la croisait dans les couloirs et lorsqu'ils passaient l'un près de l'autre et que leurs mains se frôlaient, leurs cœurs battaient la chamade et ils sentaient des papillons leur chatouiller le ventre. Quand des servantes ou des seigneurs les croisaient, ils tentaient tant bien que mal de cacher leurs émois, et la jeune reine baissait la tête pour que personne ne voit ses joues empourprées et son sourire ravi.

Parfois ils se retrouvaient dans la salle où Guenièvre se réchauffait près de l'âtre, et chacun dans un grand fauteuil, se regardaient en coin n'osant se parler ou se regarder franchement.

Cela faisait déjà deux ans que Lancelot cachait son amour pour sa belle reine, qu'il désirait intensément. Mais un jour d'automne, il décida d'avouer à la dame de ses pensées, ses sentiments. Le roi était en plein conciliabule avec Attila pour éviter une guerre. Le chevalier n'étant pas obligé d'y assister, il en profita pour se faufiler discrètement vers la chambre du roi où se reposait Guenièvre.

Il frappa à la porte, elle vint ouvrir et surprise en le voyant, rougit tant elle le désirait. Elle le fit entrer en ayant tout d'abord regardé que personne ne la voyait faire. Le souffle haletant tous les deux, ils se regardèrent, gênés tout d'abord, puis Lancelot ouvrit la bouche mais rien ne sortit tant il était ému.

Il s'approcha de sa douce, mit un bras autour de sa taille et l'attira vers lui. Elle se laissa faire, la tête baissée. De son autre main il lui releva le menton pour plonger ses yeux dans les siens. Il entrouvrit la bouche mais encore une fois aucun son de sort. Impossible d'articuler un mot. Ils restèrent ainsi quelques minutes à l'affût de chaque bruit dans le couloir. Et si Arthur devait revenir plus tôt dans sa chambre, il était prêt à se jeter par la fenêtre pour ne pas que sa bien-aimée ne soir prise en faute.

Le temps s'égrenait lentement et nos deux amoureux étaient toujours dans la même position. C'est Guenièvre qui brisa le silence en lui murmurant qu'elle était heureuse qu'il soit là. Il lui sourit, prit une grande inspiration et se lança dans une déclaration d'amour comme il n'en avait jamais fait auparavant.

« Ma reine, ma douce Guenièvre, le jour où nos regards se croisèrent la première fois lors de mon adoubement, j'ai compris qu'il n'y aurait plus que vous dans mon cœur et que je voulais vous chérir et vous combler.

Vous êtes la femme d'un grand roi et je ne veux en aucun cas qu'il vous répudiât alors je me suis tus durant toutes ses années. Mais vos regards lors des réceptions font battre mon cœur, je fantasme sur vous chaque jour, chaque nuit. Je vous aime ma reine et je ferais tout pour vous.

Un mot de vous et je quitte le château pour que personne ne puisse voir vos sentiments quand nous nous croisons. »

Guenièvre l'écouta sans dire un mot, le sourire aux lèvres et les joues toujours empourprées, les yeux remplis de larmes de joie.

« Mon beau et tendre chevalier, nul homme, même pas le roi mon mari ne m'a fait une telle déclaration. Je vous aime aussi Lancelot, d'un amour secret et impossible, mais bien réel. Tout comme vous je fantasme sur vous.

Lorsque mon mari m'honore c'est à vous que je pense. Il est vrai que s'est malsain, mais en aucune façon je ne veux vous voir quitter le château. J'ai besoin de vous savoir ici, j'ai besoin de vous voir, que nos regards se croisent et lire dans vos yeux que vous m'aimez.

Restez mon bon ami, je vous en conjure »

Les deux jeunes gens se mirent à pleurer, leurs sentiments étaient réciproques c'est tout ce qui les rassuraient. Le jeune homme rapprocha sa tête de celle de Guenièvre, de sa main essuya les larmes sur ses joues royales. Elle sentait le souffle chaud de Lancelot sur son visage lorsqu'elle le redressa vers lui et lorsque ses lèvres effleurèrent les siennes. Elle crut défaillir mais sentit le bras du chevalier resserrer son étreinte pour la soutenir.

Leurs lèvres soudées, ils se laissèrent aller et lorsqu'il insinua sa langue dans sa bouche, la belle Guenièvre laissa ce doux ballet se faire avec tendresse et amour. Cette embrassade dura pour eux une éternité, il était à la fois langoureux et fougueux, doux et puissant et ils eurent du mal à enfin décoller leurs lèvres scellées par cet amour.

Ils s'aimaient, ils le savaient ce baiser n'était autre que le commencement de leur relation secrète. Ils étaient devenus amant malgré la peur d'être un jour surpris et des sanctions et punitions que le roi leur donnerait si il l'apprenait.

Entendant un peu de remue-ménage dans les couloirs, Lancelot préféra partir. Il embrassa une dernière fois sa bien-aimée et il lui donna rendez-vous le lendemain dans la forêt. Il avait un campement de fortune à l'abri des regards. Lancelot eut juste le temps de se cacher derrière une tenture du couloir, près d'une armure car on entendait gronder la voix du seigneur du château après ses domestiques.

Arthur rentra dans sa chambre et rejoignait Guenièvre qu'il honora trois fois dans l'après-midi. Il avait beau tout faire pour donner du plaisir à sa reine, elle simulait en pensant à son bel amant pendant qu'Arthur s'attelait à lui caresser les seins et lui lécher son petit bijou entre les jambes.

Le reste de la journée elle la passa à trouver une excuse pour rejoindre Lancelot dans son campement. Le soir venu, lors du repas, elle prévint son mari qu'elle désirait profiter du beau temps, doux et sec de ce mois d'octobre et allait se balader en forêt. Le roi fut surpris car Guenièvre ne sortait jamais en dehors de l'enceinte de Camelot et lui demanda qu'elles étaient ses motivations.

Elle se mit à rougir et bafouiller quelques explications, telles que du haut des remparts elle apercevait, dans le bois, des biches et leurs petits, qu'elle voulait les mémoriser pour en faire une tapisserie, mais de là-haut elle ne voyait pas tous les détails. Arthur, fort surpris mais tellement amoureux et conciliant avec sa femme, accepta mais ordonna qu'elle soit accompagnée d'un chevalier en cas d'attaque ennemie.

Elle se mit à bouder mais lorsque son mari fit demander Lancelot et qu'il lui demanda d'être le chevalier servant de sa femme, elle eût du mal à retenir son sourire. Elle continua à bouder et accepta la demande de son époux tout en étant heureuse au fond d'elle. Il fit demander qu'un cheval soit préparer pour la reine le lendemain matin.

Aux premières lueurs de l'aube, Arthur déposa un baiser sur le front de Guenièvre et demanda à Lancelot de veiller sur elle. Ils partirent côte à côte, sur leurs chevaux, vers les grilles du château, qui s'ouvrirent à leur arrivée et les voilà sur le sentier qui mène dans les bois.

Aucun des deux n'osaient se parler ou se regarder, ils avaient peur que des remparts le roi puisse voir leurs exaltations et l'envie qui les hantaient de s'embrasser. Arrivés dans une clairière, ils mirent pied à terre et regardèrent en direction du château où ils virent qu'Arthur les surveillait. Ils firent quelques pas au centre, posèrent du pain et des légumes sur une souche d'arbre et reculèrent pour se cacher dans un fourré.

Ainsi à l'abri des regards, le jeune homme prit la tête de Guenièvre entre ses mains et posa ses lèvres sur les siennes pour un langoureux baiser. Depuis la veille, il ne pensait qu'à sa bouche et son corps. Elle relâcha toute la pression qu'elle avait de peur que son mari ne se rende compte de ce qu'elle ressentait pour le chevalier envers qui il avait placé toute sa confiance.

Elle se laissa aller dans les bras de son amant et pressa ses lèvres sur les siennes. Il insinua sa langue dans sa bouche pour qu'elle caresse la sienne amoureusement. Il la prit par la taille et l'attira contre lui. Elle sentit l'envie qu'il avait pour elle. Son sexe en érection, il commença à embrasser le décolleté de sa belle, qui frémit en sentant ses doigts passer sous ses jupons. Il frôla sa cuisse, elle laissa échapper un petit gémissement, et il se rendit compte en remontant qu'elle ne portait pas de dessous. Elle rougit en lui expliquant que si ils étaient surpris, il serait plus facile de ne pas avoir à la remettre en catastrophe. Il sourit et lui dit qu'il était heureux d'aimer une reine si intelligente qui pensait à tout.

Il continua son excursion entre ses cuisses et lorsqu'il passa un doigt entre ses lèvres du bas, elle mordilla celle du haut pour ne pas pousser de cris de plaisir. Il sentit le gonflement de son clitoris gorgé de désir et joua avec en le faisant tourner entre ses doigts, ce qui eût pour effet de faire gémir Guenièvre. Il était satisfait de lui.

Lui qui n'avait eu aucune autre femme, il ne savait pas vraiment comment s'y prendre mais apparemment il lui faisait de l'effet. Il laissa le haut de ses seins et s'accroupit face à elle, en l'ayant adossé à un arbre. Il souleva ses jupons jusqu'en haut de ses cuisses et passa sa tête dessous. La jeune femme rougit en pensant à ce qu'il allait faire et s'appuya contre le tronc pour écarter les jambes.

Il insinua sa langue dans sa fente, à la recherche de ce petit bouton sensible, qui une fois titillé à bon escient, donne du plaisir à sa douce amie. Il en avait tellement rêvé pendant sa captivité mais n'avait jamais rien pu faire avec ce fantôme aux traits de sa reine, que lui avait laissé cette horrible Morgane comme compagne.

Il jouait avec sa langue sur son clitoris, le pinçant entre ses lèvres, reprenait sa respiration entre deux et écartait les lèvres avec ses doigts. Il en profita pour insérer un doigt dans son vagin. Il eût peur de lui avoir fait mal car il la sentit défaillir. Les jambes tremblantes, le souffle haletant, elle lui demanda de continuer, qu'il n'avait rien à craindre, que c'était juste le plaisir qui lui donnait qui la rendait pantelante.

Il reprit alors ce qu'il avait entrepris, rentrant cette fois deux doigts dans son vagin plus dilaté et mouillé. Elle gémit de plus belle et se cambra contre l'arbre. Il accéléra ses mouvements, elle haleta de plus en plus et après plusieurs minutes à s'acharner sur son sexe, elle se mit à jouir tout son saoul. Elle tremblait de plaisir, essayait de reprendre son souffle pendant qu'il se relevait.

Ils s'embrassèrent puis à son tour elle s'agenouilla face à lui. Il s'adossa le long du tronc et la regarda faire. Elle sortit sa chemise de son pantalon et passa ses mains sur son torse nu pour le caresser, puis souleva la chemise pour venir titiller de ses doigts ses tétons. Il gémit et caressa ses cheveux en même temps. Elle fit descendre ses mains vers sa ceinture qu'elle défit et déboutonna son pantalon.

Elle caressa à travers le tissu son sexe tendu, ce qui le fit frissonner et une goutte de sueur perla sur son front. Elle sortit son pénis de son étreinte et une fois à l'air, il vit un sexe d'une bonne taille, en érection, bien droit et n'eût qu'une envie, passer sa langue le long de cette protubérance.

Son mari Arthur l'avait bien initié aux préliminaires car elle n'y connaissait rien en arrivant la première fois dans son lit, étant restée vierge jusqu'à son mariage. Elle était devenue très experte depuis et lorsqu'elle enfouit le sexe de Lancelot dans sa bouche, il lâcha un râle de plaisir. A chaque va-et-vient qu'elle faisait, il gémit de plus en plus intensément, ne pouvant se retenir. Il était en extase, son souffle court et ses cris rauques encourageaient sa douce qui jouait toujours avec sa bouche et sa langue, mais également avec sa main qu'elle avait amenée sur son pénis qu'elle enserrait suffisamment pour augmenter le plaisir de Lancelot.

De son autre main, elle pétrissait délicatement ses testicules et si quelqu'un c'était aventuré dans ces bois, il aurait pu voir le visage de cet homme aux prises avec cette ivresse de l'instant, haletant, laissant ses cris s'échapper de sa gorge, tantôt grimaçant, tantôt souriant. Tout son poids posé sur le tronc d'arbre, ses mains dans la blonde chevelure de Guenièvre suivaient son rythme parfois rapide, parfois lent.

Elle ne faiblit pas, continua ses mouvements avec sa main, resserra ses doigts et se mit à accélérer le plus vite qu'elle le pouvait, tendant sa langue pour qu'elle effleure le bout de son gland. Lancelot n'en pouvait plus. Au loin quelqu'un avait cru entendre un animal grogner mais ce n'était que lui qui était à deux doigts de jouir. Alors il posa sa main sur celle de sa maitresse pour la faire cesser. Il la releva, l'attira contre lui et l'embrassa fougueusement.

En même temps, il l'étendit sur un lit de feuille qui s'était formé en ce début d'automne. Il releva sa robe et ses jupons, elle plia les genoux et écarta ses jambes. La vue de sa reine ainsi prête à le recevoir le dérouta quelque peu. C'était sa première fois pour lui, il avait peur de mal faire, qu'elle soit déçue et devant son visage déconfit, elle lui sourit et dit : « mon tendre amour, n'ayez pas peur, si vous ne vous y prenez pas comme il faut je vous le dirais. En attendant, prenez donc votre lance à la main et rentrez donc dans ce gouffre que je vous offre pour y trouver notre coït. »

Il se sentit plus rassurer et son sexe en main, il le guida pour la pénétrer. Il l'entendit soupirer, un soupir de plaisir et il put commencer ses balancements sans crainte. Ils firent l'amour comme cela plusieurs fois dans la journée, en missionnaire, en levrette, elle sur lui, lui sur elle. Ils étaient épuisés mais tellement ravis qu'ils eurent du mal à repartir vers Camelot avant la tombée de la nuit.

Arthur les attendait impatiemment. Les ayant perdus de vue en fin de matinée, il s'inquiétait. Les voyant arrivés, il fut rassuré et descendit les escaliers du perron pour aider sa reine à descendre de sa monture. Il la prit dans ses bras, la serra contre lui et l'embrassa tendrement. Lancelot et Guenièvre se jetèrent un regard triste car tous deux auraient préféré que çà soit leurs lèvres qui se touchent.

Le roi relâcha son étreinte et demanda à son épouse si elle avait passé une bonne journée. Il ne vit pas le clin d'œil espiègle qu'elle lança à son amoureux quand elle lui répondit qu'elle prit beaucoup d plaisir à visiter ce lieu qu'elle ne connaissait pas et espérait qu'il la laisserait y retourner avec le chevalier Lancelot, car il connaissait si bien les bois qu'elle n'eût crainte de se perdre. Le roi accepta sa requête et demanda à l'intéressé s'il était d'accord pour servir de guide à la reine à nouveau. Celui-ci acquiesça tout en souriant à sa belle et douce reine. Ils se retrouvaient deux ou trois fois par semaine dans les bois où ils faisaient leurs petites affaires, revenaient à la tombée de la nuit et Arthur était heureux de voir sa femme aussi radieuse.

Quelques mois plus tard, le roi reçut une missive d'un clan ennemi qui lui déclarait la guerre. Il dût tout préparer avec ses chevaliers, puis il rejoignit les deux amants dans la salle du trône. Il s'adressa tout d'abord à Guenièvre et lui annonça qu'il devait livrer bataille et donc la laisser seule au château. Il continua malgré la moue de celle-ci en lui disant qu'au vu de la savoir mise en danger, il lui ordonnait de porter une ceinture de chasteté au cas où les troupes ennemies arriveraient à percer leur défense et voudraient abuser d'elle.

Elle se mit en colère, faisait les cent pas devant lui, lui jetait à la figure qu'il n'avait pas confiance en elle, presque elle l'aurait injurié. Elle gesticulait dans tous les sens, furieuse lorsque qu'Arthur lui demanda de se taire en frappant du poing sur l'accoudoir de son trône. Elle resta bouche bée et ce fut Lancelot qui prit la parole.

Il demanda l'autorisation au roi de ne pas faire partie de son escorte et de pouvoir rester au château pour veiller sur son peuple et la famille royale. Celui-ci n'en attendait pas moins de lui, c'était pour cela qu'il lui avait demandé de venir à cette réunion familiale.

Lancelot en profita pour apaiser Guenièvre, la rassurer par sa présence et glisser astucieusement à Arthur qu'il devrait malgré tout lui laisser la clé de la ceinture qu'il voulait que la reine porte, au cas où celui-ci ne reviendrait malheureusement pas de cette guerre, pour la libérer de son carcan.

Arthur réfléchit, regarda sa femme dont le visage était resté figé sur sa colère et accepta l'offre de Lancelot. La reine ne montra aucuns troubles, elle demanda sur un ton monocorde si elle pouvait regagner sa chambre et sortit en lançant un regard bienveillant à son soupirant bien-aimé.

Arthur remercia son ami d'avoir calmé quelque peu le courroux de sa femme et lui remit la clé de ladite ceinture qu'il mettrait à la reine le lendemain matin à l'aube avant de partir. Au petit matin, le roi, ses chevaliers et sa garde prirent le chemin de la bataille, vers leurs ennemis, tandis que Guenièvre se trouvait à sa fenêtre pour les regarder partir. Elle avait cessé de lui faire la tête la veille au soir et c'était laissé prendre pour qu'il garde ce dernier souvenir en cas de malheur.

Lorsqu'elle ne vit plus qu'un infime point sur la route, elle courut ouvrir la porte de sa chambre, regarda de chaque côté dans le couloir et fit signe vers une des armures que l'on vit osciller au moment où Lancelot sortit de sa cachette. Il pénétra dans la pièce, sortit de sa poche une petite clé. Elle retroussa ses jupons et il ouvrit le petit cadenas de la ceinture qui tomba au pied de la reine.

Lancelot resta à genoux et rapprocha sa douce plus près de lui. Il embrassa ses genoux affectueusement, remonta le long de ses cuisses et finit ses baisers sur son mont de vénus. Il se releva et la déshabilla délicatement.

Lorsqu'il la vit ainsi nue (ils n'avaient fait l'amour que quasi vêtus), il n'en revint pas de la blancheur de son corps. Il suivit des yeux chacune de ses courbes. Il s'approcha d'elle, se pencha et la prit dans ses bras pour l'emmener sur le lit. Il la coucha et se pencha au-dessus de son corps. Il l'embrassa amoureusement, puis il couvrit son cou de ses plus tendres baisers, pendant que ses mains caressèrent ses seins doux et fermes.

Son corps tendu, elle soupira et se cambra de plaisir. Les doigts de son amant effleurèrent son petit bouton et elle retint un gémissement. Il insinua un doigt dans son vagin, se rendit compte que sa belle mouillait déjà bien et en profita pour rentrer un deuxième puis un troisième doigt. Il accéléra ses va-et-vient. Guenièvre se tordit dans tous les sens, elle allait bientôt atteindre l'orgasme et lui sentait sous son pantalon son sexe dur et tendu. Elle finit par jouir et referma ses jambes sur la main de son amant. Son corps tremblait et frémissait quand il essaya de caresser encore son intimité.

Elle se releva, repoussant Lancelot et le forçat à s'allonger à son tour. Elle vint l'embrasser et retira en même temps son pantalon. Lorsqu'elle prit son sexe en main, il soupira de plaisir car il savait qu'à son tour elle lui ferait monter le désir.

Elle s'y prenait tellement bien avec ses mains, sa langue et sa bouche, qu'il se mit à haleter très rapidement. Elle relâcha son étreinte manuelle, se pencha légèrement vers lui et positionna ses seins de chaque côté de son pénis et les retins avec ses mains pour le tenir en position. Elle commença à les descendre tout du long et une fois au plus bas, le gland de Lancelot apparut et elle put passer sa langue dessus, juste au bout, ce qui arracha un gémissement à son amant. Elle remonta puis redescendit en gardant la cadence et à chaque descente, elle lui donnait un coup de langue.

Elle accéléra le mouvement et il haletait de plus en plus mais retenait ses gémissements rauques, toujours de peur d'être entendu par quelqu'un dans le couloir. Avant d'aller trop loin, il la forçat à s'arrêter. Elle relâcha son étreinte et s'agenouilla de chaque côté des jambes de son amour et laissa descendre son vagin le long de son sexe droit et raide. Elle le chevaucha ainsi, jouant avec les accélérations.

Il suivait les rythme en tenant ses hanches et parfois en profitait pour la pénétrer plus fort en plantant ses talons dans le lit et en activant son bassin quand elle fatiguait un peu. A force de va-et-vient, ils arrivèrent ensemble à jouir en silence. Elle se mordait les lèvres, lui avait pris l'oreiller et l'avait mis sur sa tête pour étouffer ses cris.

Lorsqu'elle se retira, elle, trempée et lui le sexe ruisselant, elle se laissa tomber sur le côté, près de Lancelot qui la prit tendrement dans ses bras pour l'embrasser. Ils restèrent comme cela plusieurs heures, dans les bras l'un de l'autre, plus amoureux que jamais et dans l'interdit car ils avaient bravé les consignes d'Arthur.

Lorsque celui-ci revient de guerre, il trouva son épouse sagement assise devant sa broderie, dans leur chambre. Il la prit dans ses bras, l'embrassa fougueusement. Elle lui avait manqué et voulait le lui montrer. Mais lorsqu'il voulut l'honorer, il se heurta à cette fameuse ceinture de chasteté. Il ragea et Guenièvre ne se gêna pas pour lui faire remarquer que c'était son initiative.

Il se radoucit en se rappelant que son ami Lancelot gardait la clé de cet affreux carcan de fer et le fit quérir. Le jeune homme arriva auprès de son roi et lorsque celui-ci lui demanda la clé, il la lui tendit en regardant sa douce d'un regard triste. Il comprenait ce qu'allait faire Arthur.

Guenièvre essaya de le rassurer du regard car quelques jours auparavant ils s'étaient longuement parler. Elle lui avait dit que même quand Arthur voudrait lui faire l'amour, c'est à lui qu'elle penserait. Malgré tout, le jeune chevalier avait du mal à accepter cette situation, mais pour l'honneur de sa reine, il ne dit mots, sortit de la chambre et laissa les époux à leurs ébats.

Le soir venu, lors du repas qui fut un grand festin pour fêter la victoire de Camelot, les deux amants assis l'un à côté de l'autre ne cessèrent de se faire du pied, de se toucher sous la table. Lorsque le roi ou les chevaliers les voyaient rouge comme des pivoines et riaient de les voir ainsi pensant que c'était dû au vin qui coulait à flot.

Dès qu'ils purent s'éclipser quelques instants, discrètement, ils se cachèrent dans une alcôve dans un des couloirs proches de la salle à manger et s'embrassèrent goulument à s'en époumoner. Lorsqu'ils reprirent leur respiration et avant de revenir près du roi (de peur qu'il ne se doute de quelque chose), ils se promirent de se retrouver chaque fois qu'ils le pourraient et à chaque guerre où Arthur guerroierait.

Les amants s'embrassèrent encore une fois, rejoignirent la tablée et ils continuèrent leur vie ainsi jusqu'à la mort d'Arthur. Guenièvre eut un enfant mais on ne sut pas de qui il était, mais elle, elle le savait bien.

La suite ? C'est une autre histoire !

10 – Les miches de la boulangère

Bonjour belle boulangère

Que faites-vous donc les fesses en l'air !

Votre croupe ainsi tendue

Me donne des envies défendues.

Votre mari, les mains dans le pétrin

Se doute-t-il de votre destin ?

Il dort…quelle bonne idée !!

A l'arrière vous allez m'emmener.

Relevez votre jupe et montrez-moi vos miches

Que je vois si à ce petit jeu vous êtes chiche.

Quelles jolies courbes, quel joli dessin

Laissez-moi donc pétrir vos seins.

Au milieu des croissants et des baguettes

Faites descendre ma braguette.

Déboutonnez mon pantalon

Et vous verrez mon sexe en érection.

Vous sifflez devant cette belle bête

Ne vous inquiétez pas ma douce je l'accepte.

D'autres femmes avant vous sans outrage

Ont eu devant un tel spectacle ce même langage.

Laissez-moi profiter de votre corps

Ses divines rondeurs bien placées que j'adore

Me font penser à une belle brioche,

Je salive devant elles, les mains dans les poches.

Rapprochez-vous ma douce

N'ayez pas peur de mon pouce

Que dans votre décolleté je viens poser

Sur votre téton durci pour le caresser.

Dans votre cou ma bouche rosée

Se pose fiévreusement pour le baiser.

Je fais sauter les boutons de votre chemisier

Un par un pour ne rien déchirer.

Et de ma bouche experte,

Votre long buste je déserte,

Pour me mettre à genoux

Devant votre joli petit minou,

Que j'embrasse goulument

Jouant avec ma langue résolument.

Je vous trouve toute émoustillée

Lorsque je sens votre entre-jambe mouillé.

Comme cela me comble de bonheur,

J'enfile un doigt un l'intérieur.

Votre vagin le recevant aisément

J'en rajoute un, quel gémissement !

A force d'acharnement je vous fais jouir

Vos doux halètements me font frémir.

A votre tour ma chère maitresse,

Mettez-moi donc en liesse.

Que fait donc votre langue ?

Vous sucez mon sexe comme un noyau de mangue.

Quelles douces sensations,

Quel doigté j'avais bien raison.

En vous voyant tout à l'heure,

Je savais que vous n'aviez nullement peur.

Arrêtez-vous à présent belle enfant,

Car sur la table de préparation je vous prends maintenant.

Les jambes ainsi écartées,

Je peux facilement vous pénétrer.

Je m'efforce de vous faire gémir,

Mais quelle position choisir ?

Enfin nous y arrivons

Et nous jouissons à l'unisson.

Soudain à nos narines arrive une odeur de pain chaud

De peur d'être surpris sans nos oripeaux,

Nous nous dépêchons de nous rhabiller,

Votre mari pourrait arriver.

Merci belle boulangère

De m'avoir montré votre derrière.

La prochaine fois quand je viendrais,

C'est dans l'autre trou que j'entrerais.

En attendant, cachez donc vos miches,

Qu'encore une fois elles ne m'aguichent.

Quant à moi je range ma baguette

Qu'un petit bâtard ne se fasse en cachette.

A très bientôt ma chère marchande

Et pour vous revoir je passerais commande.

Table des matières